D1873941

Schwarze
SERIE

BASTEI
LÜBBE

Max Allan Collins

DER EINÄUGIGE

Schwarze
SERIE

BASTEI
LÜBBE

BASTEI-LÜBBE-TASCHENBUCH
Schwarze Serie
Band 19 105

Deutsche Lizenzausgabe 1987
Bastei-Verlag Gustav H. Lübbe GmbH & Co., Bergisch Gladbach
Originaltitel: No Cure for Death
Lektorat: Martin Compart
Ins Deutsche übertragen von Jürgen Langowski
Titelillustration und Umschlaggestaltung:
Quadro-Grafik, Bensberg
Druck und Verarbeitung:
Clausen & Bosse, Leck
Printed in Western Germany
ISBN 3-404-19105-6

Der Preis dieses Bandes versteht sich einschließlich
der gesetzlichen Mehrwertsteuer.

Dieses Buch widme ich Richard Yates,
der mir damals im Writers Workshop
von Iowa City auf die Beine half.

Vorbemerkung des Autors:

Dies soll in keiner Weise ein Versuch sein, einen historischen Roman über die siebziger Jahre zu schreiben – dazu sind sie uns noch viel zu nahe.

Die frühen siebziger Jahre beschäftigen uns immer noch sehr stark, und diese Ära – die Ära des Vietnamkrieges – stand kurz vor ihrem Ende, als diese Geschichte begann.

TEIL 1

DIENSTAG, 26. November 1974

1

Er hatte eins dieser Gesichter, die einem sagen: »Hasse mich«, und da wollte ich nicht widersprechen.

Mein erster Eindruck von ihm war schlecht, aber ich glaube nicht, daß es etwas damit zu tun hatte, daß er ein Schwarzer war – wohl aber mit dem fehlenden Auge und der im Zickzack genähten Narbe, die über und unter der leeren Höhle verlief. Sein Kopf war völlig haarlos – nicht nur einfach kahl, sondern er hatte nicht einmal Augenbrauen –, und sein Mund war in einer halboffenen Stellung erstarrt; es war ein abwärts geneigtes Loch, in dem nur die untere Reihe krummer, gelber Zähne zu sehen war. Der Gesamteindruck dieses wundervollen Gesichts war der eines Kinderschrecks – ein widerlicher, häßlicher Kinderschreck, der anscheinend nach Opfern suchte.

Der Körper unter diesem Gesicht wirkte ebenso bedrohlich; er konnte sich nur mit Mühe durch den Eingang von Port Citys winzigem Busbahnhof quetschen. Er war riesig, er war eine Übertreibung , eher eine Comicfigur als ein Mann – wie dieser Bursche im Leopardenfell, der sich immer mit »Mandra dem Magier« herumschlägt, oder wie Daddy Warbucks »Dschinn Punjab«. Er musterte mit seinem verbliebenen, blutunterlaufenen Auge den Raum, und ich bemühte mich, möglichst unauffällig zu wirken, obwohl ich mich fühlte, als steckte ich in einem Wandschrank und wollte meinen

Mörder davon überzeugen, daß ich ein Kleiderbügel wäre.

Ich kannte den Mann nicht, aber ich hatte das verrückte Gefühl, er wäre von jemand geschickt worden, der mir eine lange vergessene Gemeinheit heimzahlen wollte; vielleicht sogar aus einem anderen Leben. Meyer, der Stationsvorsteher, war Kaffeetrinken gegangen, aber ich war trotzdem nicht allein in dem winzigen Warteraum. Neben mir auf der Bank saß eine junge Frau, eine hübsche Blondine mit einem müden, aber sonst ganz ansehnlichen Gesicht. Sie schien so unschuldig, daß ich nicht glaubte, ein Typ wie er hätte etwas mit ihr zu tun.

Während der letzten halben Stunde hatte ich darüber nachgedacht, wie ich am besten mit ihr anbändeln könnte, denn sie war schlank und gut gebaut und zog mich genauso an, wie Punjab mich abstieß. Außerdem stehe ich auf Blondinen. Aber ich hatte nicht den Mut gefunden, sie direkt anzusprechen – ich war zu schüchtern –, und genausowenig traute ich mich, auf Punjab loszugehen, als er hereinstolzierte, und ihm zu sagen, daß ich ihn schon auf den ersten Blick nicht leiden könnte.

Dieses einzige Auge brauchte nicht lange, jedenfalls nicht so lange, wie es schien, um zu finden, was es suchte. Der Kinderschreck schob seinen bulligen Körper in die Richtung der Bank, auf der ich mit der Blondine saß, und baute sich vor ihr auf, während er mit einer Riesenpranke nervös die Jacke seines überraschend gut geschnittenen und gebügelten Anzuges glattstrich – eine Jacke in der Größe eines mittleren Hauszeltes. Aus den Tiefen seiner Kehle stieg ein grollendes Geräusch auf, das irgendwie klang wie »Miststück«.

Ich zog es vor, diese Bemerkung zu überhören und blickte in eine andere Richtung. Also kannte er sie doch, und was ging es mich an, wenn Freunde sich stritten?

Es mußte »Miststück« gewesen sein, denn das Geräusch kam noch einmal, und jetzt verstand ich es ganz deutlich: »Miststück«, und dann noch mal, als Teil eines Satzes: »Mach, daß du in die Gänge kommst, du verdammtes Miststück, wir haben Geschäfte zu erledigen.«

Sie war verängstigt, was mich nicht wunderte, aber irgendwie wurde auch deutlich, daß sie ihn wohl doch nicht kannte, und das wunderte mich schon. Offensichtlich hatte sie ihren einäugigen »Geschäftspartner« noch nie gesehen – er war für sie ebenso ein schwarzer Blitz aus heiterem Himmel wie für mich.

Und er war ungeduldig.

Er packte mit einer klobigen Faust eine Handvoll ihres blauen Pullovers und hob sie von der Bank, und ich verpaßte ihm einen Schlag vor den Hals.

Er tat drei Dinge.

Er gab das Mädchen frei.

Er berührte leicht seinen Adamsapfel.

Er schleuderte mich mit einem lässigen Rückhandschlag quer durch den Raum vor einen Getränkeautomaten.

Ich tastete hinter mir das kalte Metall der Maschine ab und suchte nach einem Halt, um wieder auf die Beine zu kommen. Ich erhob mich von den Knien und sah, wie sein riesiger Körper langsam auf mich zukam – es erinnerte mich irgendwie an Frankensteins Monster. Ich duckte mich, und seine Dampfhammerfaust beulte den Automaten so tief ein, daß man in dem Loch eine Gartenparty hätte abhalten können.

Aber er hatte zwei Fäuste, und die zweite schlug noch einmal zu, und ich ging wieder zu Boden und wartete auf die Dinge, die da kommen mußten, während meine Hände zitternd und ziellos über den Boden tasteten.

Ich weiß nicht, woher die leere Colaflasche kam, aber

plötzlich hatte ich sie in der Hand, und ich war es zufrieden. Ich blinzelte, um wieder sehen zu können. Er schob sich, mit dem spiegelblanken Schädel zuerst, wie ein Rammbock auf mich zu. Ich zog ihm die Flasche über die Platte.

Er ging zu Boden.

K.o.

Ich legte eine Hand vor den Mund, nahm die Hand wieder weg und betrachtete sie. Etwas Blut, aber nicht allzu schlimm. Ich wackelte mit den Fingern an ein paar Zähnen. Alles in Ordnung. Ich stand auf den Füßen, an die Maschine gelehnt. Punjab lag wie ein gefällter Baum vor mir auf dem Boden.

Die junge Frau saß auf der Bank, fast, als wäre nichts geschehen, obwohl sie sehr bleich geworden war. Sie erwiderte meinen Blick. »Sind Sie in Ordnung?« fragte sie.

Ich nickte und ging zum Münztelefon, das neben dem Automaten an der Wand hing, und warf einen Dime ein.

»Sheriff Brennan bitte«, sagte ich.

»Wen darf ich . . .«

»Sagen Sie ihm, es ist Mallory.«

Nach ein paar Sekunden hatte ich Brennan dran, und er sagte: »Mallory, es ist fast sieben Uhr. Sie und John hätten schon vor fünfzehn, zwanzig Minuten hier sein sollen. Was hat euch aufgehalten?«

»Johns Bus hat Verspätung.«

»Dann kommen Sie zum Gefängnis rüber, sobald er da ist. Es ist schon verdammt lange her, daß ich den Jungen das letzte Mal gesehen habe.«

»Die Verspätung ist eigentlich nicht der Grund für meinen Anruf.« Hinter mir auf dem Boden begann Punjab sich zu rühren und die Benommenheit abzuschütteln. »Moment, Brennan.«

»Bitte . . .?«

Ich ließ den Hörer an der Strippe baumeln und langte noch einmal nach der Flasche, die ich bei Punjab benutzt hatte. Ich zerbrach sie an der Kante des Getränkeautomaten und baute mich mit der gezackten Hälfte der Flasche in der Hand wie ein Typ aus einem alten Gangsterfilm auf. Der erwachende Bär drückte sich mit den Händen ein Stück vom Boden hoch und musterte mit seinem einzigen Auge die Szene.

Die Szene bestand hauptsächlich aus mir; ich hatte wieder den Hörer in der Hand und sprach hinein, während ich in der freien Hand die improvisierte Waffe hielt.

»Sheriff«, sagte ich, das Wort deutlich betonend, »sagte ich Ihnen schon, daß ein Typ, größer als eine Dampfwalze, in den Busbahnhof gerauscht kam und mich überrollen wollte?«

Brennan sagte: »Was, zum Teufel . . .«

Und Punjab war auf und davon, als hätte er sich bei seinem Namensvetter einen fliegenden Teppich geborgt.

Brennan begann noch einmal: »Was zum Teufel, ist da los?«

»Nur die Ruhe, Sheriff, das sollte ein Witz sein. Bleiben Sie in der Nähe, dann bringe ich Ihren Stiefsohn zu Ihnen, sobald er hier eintrudelt.«

»Hören Sie, Sie ausgeflippter Hund, wenn Sie das für einen Witz halten . . .«

Ich legte auf und ging zu einem leeren, hölzernen Colakasten, in den ich vorsichtig meine halbe Flasche gleiten ließ.

Meyer, ein winziges, etwa sechsundzwanzig Jahre altes Kerlchen, mit dem ich ab und zu Poker spiele, kam rasch hereingeschlurft, nachdem er seine stündliche Kaffeepause im Café nebenan beendet hatte. Er hatte die Augen weit aufgerissen. »Hast du diesen riesigen Kerl gesehen?« wollte er wissen.

Ich berührte meinen immer noch blutenden Mundwinkel mit dem Saum meines T-Shirts. »Welchen Kerl?« sagte ich.

Meyer sah mich mit dem gleichen Blick an, mit dem er mich mustert, wenn er denkt, daß ich bluffe (er hat meistens sogar recht damit, aber sagen Sie's ihm nicht). Dann setzte er sich an seinen Schreibtisch und begann das neue *Penthouse* zu lesen.

Ich blickte zur Bank und musterte den Einsatz, um den es in meinem Kampf als armer kleiner Ritter gegen Punjabs übergewichtigen Drachen gegangen war.

Sie war immer noch sehr, sehr blaß, sie zitterte, und sie rieb sich die Arme, als wären die heißen Heizungsrohre neben ihr eine Kühlanlage und als wären ihre Arme nackt und steckten nicht in den langen Ärmeln ihres Pullovers.

Ich ging zu ihr hinüber.

2

Ich setzte mich neben sie auf die Bank und sagte: »Mallory.«

Sie schlug die schmalen Augen ganz auf, und ich sah, daß sie blau und ziemlich verschleiert waren. Sie sagte: »Bitte?«

»Das ist mein Name. Ich heiße so.«

»Oh. Ach ja.« Sie schnaufte leicht, eine verspätete Reaktion auf die Spannung, unter der sie während des Kampfes gestanden hatte. Ihre Augen wirkten jetzt nicht mehr trübe, sondern etwas lebendiger, wenn auch immer noch müde und irgendwie alt. Sie faßte meine

Hände und drückte sie mit einem kalten Griff fest zusammen. Sie lächelte; es war ein winziges Lächeln, aber immerhin.

»Und Ihrer?«

Sie gab meine Hände frei und wich ein wenig zurück. »Mein was?«

»Ihr Name.«

»Oh.« Sie schluckte. »Janet. Janet Taber.«

»Hallo, Janet.«

»Tut mir leid, daß ich so daneben bin. Mir sitzt immer noch der Schreck in allen Knochen.«

»Kein Wunder. Mir geht's ganz genau so.«

»Was . . . wie war noch gleich Ihr Name?«

»Mallory. Mal.«

»Mal. Hallo, Mal.«

»Hallo. Wie wär's mit einer Tasse heißen Kaffee, Janet?«

»Oh . . .«

»Ich hab gesehen, wie Sie gezittert haben. Kommen Sie – wir können nach nebenan zu Johnny's gehen und ein paar Tassen trinken.«

»Ich warte auf meinen Bus.«

»Meyer wird uns Bescheid sagen.« Ich blickte zu Meyer hinüber, der hinter seinem Schalter hockte und im *Penthouse* blätterte. »Das tust du doch, Meyer, oder?«

Er sagte: »Leck mich, Mallory.«

»Das heißt bei ihm ja«, erklärte ich. »Na, was sagen Sie jetzt?«

Sie lächelte. Breit. Es war ein schönes Lächeln; wenn sie so lächelte, sah sie überhaupt nicht mehr alt und müde aus.

Sie strich sich eine Haarsträhne aus dem Gesicht und sagte: »Okay.«

Zwei Minuten später saßen wir in einer Nische in Johnny's Grille, eng nebeneinander wie ein Liebespaar.

Aber es war nichts Sexuelles; es war die Nähe zwischen zwei Menschen, die gemeinsam etwas durchlebt hatten, und dank Punjab hatten wir das ja auch.

»Wie kann ich Ihnen nur danken?« sagte sie.

»Überhaupt nicht«, sagte ich. »Ein Held wie ich taucht im Leben eines armen, bedrängten, unschuldigen Mädchens nur ein einziges Mal auf.«

Martha, die Inhaberin des Lokals, die auch die Gäste bediente, wenn nicht viel zu tun war, kam zu unserer Nische, und ich bestellte Kaffee.

Janet berührte meine Hand. »Macht es Ihnen was aus, wenn ich eine heiße Schokolade trinke?«

Ich grinste, zuckte die Achseln und änderte die Bestellung. Ich entschied mich auch für heiße Schokolade. Als ich sie wieder anblickte, sah ich, daß sie auch grinste. Es war ein koboldhaftes Grinsen wie bei einem Kind – trotz des blassen Gesichts mit den tiefen Linien um Augen und Mund und obwohl ihr schönes blondes Haar, das in zwei zarten Strähnen in ihrem Gesicht hing, an den Wurzeln schwarz nachgewachsen war, und trotz der Augen, in denen ich eine alte Frau sah. Sie war wie ein Kind, das nach der Schule in einem Schneesturm nach Hause geht und sich fürchtet und friert, wenn die frühe winterliche Dämmerung kommt; als es endlich zu Hause ist, bekommt es von der Mutter eine Tasse heiße Schokolade, und es fühlt sich sofort besser. So ein Kind meine ich.

»Ich hab diesen schrecklichen Mann noch nie gesehen«, sagte sie plötzlich. »Noch nie.«

»Hören Sie«, sagte ich, »Sie müssen sich nicht verpflichtet fühlen, mir irgend etwas zu erzählen. Sie brauchen nichts zu erklären.« Ich meinte es auch so: vorübergehender Heldenmut oder nicht, hübsche Blondine oder nicht, ich hatte keine große Lust, mich einzumischen. Aber leider hatte ich es schon getan.

»Ich sag die Wahrheit, Mal.«

»Ich glaube Ihnen, Janet.«

»Ich kann mir vorstellen, daß es Ihnen schwerfällt zu glauben, daß so ein Typ einfach aus dem Nichts auftaucht und ohne zu zögern über mich herfällt.«

»So unwahrscheinlich ist das gar nicht. Ich hab's ja selbst erlebt. Es muß wohl eine Verwechslung sein.«

»Ja, das muß es gewesen sein.« Sie sah mich an, nahm wieder meine Hand und drückte sie. Sie spürte offenbar mein Mißtrauen, obwohl ich versucht hatte, es vor ihr zu verbergen. »Ich will Sie nicht hinters Licht führen, Mal. Ich hab ihn noch nie gesehen, und ich wüßte auch niemand, der einen Grund haben könnte, so einen Kerl zu schicken.«

»Ich sagte doch, daß ich Ihnen glaube, Janet.« Beinahe glaubte ich es wirklich.

»Mein Gott, war das ein Riese. Und dieses Auge . . . das, das . . . nicht da war. Brrr. Aber Sie haben sich gut geschlagen, Mal. Das war bestimmt nicht Ihr erster Kampf.«

»Nein.«

»Wissen Sie, manchmal an einer Bushaltestelle oder in einem Wartesaal spiele ich ein Spiel – ich versuche, die Leute nach ihrem Aussehen zu beurteilen. Ich glaube, das tut jeder, was? Das habe ich auch bei Ihnen gemacht, als wir im Warteraum saßen . . .«

Martha kam mit der heißen Schokolade. Ich bedankte mich und Janet fuhr fort. »Nun ja«, sagte sie, während sie an ihrem Kakao nippte, »aus Ihnen konnte ich nicht schlau werden. Bei Ihnen fiel mir einfach nichts ein.«

Ich pustete auf meine heiße Schokolade. »Wenn Sie aufs Geratewohl etwas gesagt hätten, dann hätten Sie sicher etwas getroffen, das ich früher mal gemacht habe.«

»Aber was tun Sie jetzt?«

»Muß ich Ihnen das sagen?«

»Sie müssen.«

»Ich bin so eine Art Student.«

»Sie machen Witze.«

»Nein. Das Semester ist gerade vorbei, und ich habe über Thanksgiving ein paar Tage frei.«

»Ach, hören Sie auf.«

»Ich weiß, ich weiß. Für einen College-Burschen sehe ich etwas verstaubt aus. Aber ich bin noch nicht einmal fünfundzwanzig, und Sie wissen ja, daß sogar viel ältere Leute auf ein College gehen.«

»Ich wollte Sie nicht kränken. Ich wollte nicht sagen, daß Sie zu alt wären oder so . . . Sie sind nur kein College-Typ. Wie sind Sie denn dort gelandet?«

»Ich glaube, ich bin aufs College gegangen, weil mir nichts Besseres einfiel. Ich war kurze Zeit in Vietnam, wurde verwundet und nach Hause geschickt. Danach habe ich auf dem Bau gearbeitet, eine Weile war ich auch Cop, Reporter, Barkeeper, und irgendwann bin ich ausgestiegen, wie man so sagt, und hatte eine Zeitlang mit Drogen zu tun. Aber das schien mir auch sinnlos, und schließlich kehrte ich hierher zurück und wollte noch einmal von vorn anfangen. Ich bin seit August wieder da und habe mich ab September eingeschrieben.«

»Und Sie wollen mir da wirklich keinen Bären aufbinden? Sie waren Cop *und* haben gehascht?«

»Ich hab Ihnen gerade die Haut gerettet, meine Liebe – wie könnte ich Ihnen da einen Bären aufbinden? Außerdem haben Sie noch nicht gehört, wie ich meinen Lebensunterhalt verdiene.«

»Oh. Wie denn?«

»Ich schreibe Kriminalromane.«

»Ach, Quatsch!«

»Ehrlich. Obwohl es vielleicht etwas übertrieben ist, wenn ich sage, daß ich davon lebe.«

»Sie meinen, Sie schreiben richtige Bücher?«

»Noch nicht. Aber ich hab ein paar Kurzgeschichten an *Ellery Queen* und *Mike Shayne* verkauft. Das sind Krimimagazine.«

»Ich bin beeindruckt«, sagte sie lächelnd, aber sie meinte es ernst.

»Übertreiben Sie's nicht«, sagte ich. »Aber was ist mit Ihnen, Janet Taber? Was tun *Sie?*«

Es zog wie ein Schatten über ihr Gesicht. Die Leichtigkeit, das Kind in ihr, verschwand, und sie wirkte wieder müde. Ich sah wieder die alte Frau in ihren Augen.

»Janet? Ich wollte Sie nicht runterziehen . . .«

Sie schüttelte den Kopf. Die Tasse mit der heißen Schokolade zitterte etwas, und einige Tropfen schwappten heraus. »Himmel, das *Selbstmitleid* zieht einen runter. Wenn ich Ihnen das alles erzählte, würde ich wieder voll reinstürzen und depressiv werden und so.«

Ich hob eine Hand. »Schon gut, Janet.«

»Macht es Ihnen auch nichts aus? Ich möchte wirklich nicht gern darüber sprechen.«

»Nein, schon gut. Es sei denn –« ich trank einen Schluck, um den dramatischen Effekt zu verstärken –, »es sei denn, in Ihrer Vergangenheit gibt es etwas, an das Sie nicht denken wollen und über das Sie nicht reden wollen, weil es . . . gefährlich ist.«

Sie verstand, worauf ich hinauswollte und versteifte sich. »Ich hab Ihnen doch gesagt, daß ich ihn noch nie gesehen habe.«

»Und ich habe gesagt, daß ich Ihnen glaube.«

»Nun . . .« sie starrte in ihre Tasse. »Ich muß zugeben, daß es nicht die einzige seltsame Sache ist, die mir in der letzten Zeit passiert ist.«

»Oh?«

»Oder besser, meiner Mutter ist etwas passiert.«

»Ihrer Mutter?«

»Deshalb warte ich auf den Bus. Ich lebe seit einiger Zeit hier in Port City, und ich will nach Iowa City zum University Hospital fahren.«

»Ich komm da nicht ganz mit, Janet.«

»Meine Mutter. Sie ist dort. Im Krankenhaus.«

»Das tut mir leid. Was hat sie denn?«

»Ich glaube, sie stirbt.«

»Wollen Sie darüber reden?«

Sie nahm noch einen Schluck Schokolade und erklärte mir überraschend ruhig, daß jemand ihre Mutter halb zu Tode geprügelt und das Haus angezündet hätte. Die alte Dame wäre dabei fast verbrannt.

3

»Die letzten vier oder fünf Monate habe ich in Chicago mit einem Typ zusammengelebt, den ich während meines ersten und einzigen Jahres auf dem Drake-College in Des Moines kennenlernte. Wir waren nicht verheiratet, aber es war trotzdem was Ernstes. Wir, äh, wir hatten ein Kind, und wir hielten zusammen.

Wir gehörten zur Szene in der Old Town – er malte Op Art und verkaufte die Bilder auf der Straße und in mehreren Geschäften, und ich arbeitete in einem Buchladen in der Buchhaltung –, wir waren Hippies, die in Liebe ein Kind gezeugt hatten, verstehen Sie? Nach einiger Zeit gerieten wir in die Drogenszene; er ziemlich tief, bei mir war es nicht so schlimm. Für mich blieb es das Wichtigste, meinem Kind eine gute Mutter zu sein.

Der Junge entwickelte sich prächtig, bis er eines Tages

– er war dreieinhalb – eine Art Anfall bekam. Er wurde kurzatmig und hatte manchmal Schmerzen in der Brust. Ich ging mit dem Kleinen zum Arzt, der mich an einen Spezialisten verwies, und es stellte sich heraus, daß der Junge einen Herzfehler hatte, der möglicherweise operiert werden mußte. Mein lieber Mann, ich war in Null Komma nichts aus der Phantasiewelt der Drogenszene raus. Ich machte mir im Geist sofort eine Liste mit den Veränderungen, die ich in meinem Leben vornehmen müßte. Als ich meinem Lebensgefährten erklärte, was uns bevorstand, sagte er nur: ›Ich hab keinen Bock auf Probleme‹ und ging raus. Ich hab ihn seitdem nicht mehr gesehen.

Er hatte kaum die Tür geschlossen, da hatte ich schon den Hörer in der Hand, rief meine Mutter an und wollte ihr alles erzählen. Ich hatte seit Jahren nicht mehr richtig mit ihr geredet, nicht mehr, seit ich das College abgebrochen hatte und ausgerissen und nach Old Town gezogen war und das Kind bekommen hatte. Bevor ich viel erzählen konnte, sagte Mom mir, daß Dad vor drei Jahren gestorben wäre. Ich . . . ich knallte den Hörer auf die Gabel und wartete auf die Tränen, aber sie kamen nicht. Ich mußte plötzlich lachen. Kennen Sie dieses Lachen, das überhaupt nichts mit Humor oder guter Laune zu tun hat? Und danach dachte ich an Selbstmord. Ich dachte ganz ernsthaft über einen Selbstmord nach. Aber das Wichtigste war mein Kind, und ich konnte mir einen solchen Luxus nicht erlauben. Also rief ich noch einmal Mom an.«

Sie hielt inne, und ich dachte einen Augenblick, sie würde zusammenbrechen; mit einer Hand hatte sie die Tasse umklammert, die andere lag zitternd auf dem Tisch. Ich wollte instinktiv ihre zitternde Hand nehmen und sie trösten. Ich kannte sie natürlich nicht gut genug, um es einfach so zu tun – aber schließlich waren wir zusammen im Krieg gewesen, oder? In einem einäugigen Krieg. Ich folgte meinem Impuls und nahm ihre Hand, und sie lächelte mich unsicher an. Sie hatte meine Geste richtig verstanden und sprach weiter.

»Mom sagte, sie könnte mir helfen, oder vielmehr *uns*, meinem Kind und mir, aber sie sagte, sie müßte sich erst darauf einrichten und wollte mich später zurückrufen, nachdem sie sich . . . eingerichtet hätte. Vier Stunden vergingen, bis das Telefon wieder klingelte. Es war Mom, und was sie mir sagte, kam mir sehr seltsam vor, aber ich widersprach nicht. Ich war froh, daß sie mir überhaupt half. Sie meinte, ich sollte nicht nach Des Moines kommen – wo meine Familie gelebt hatte –, sondern wir sollten uns bei einer bestimmten Adresse in Port City treffen. Ich wußte nicht einmal, daß sie Port City kannte, aber von da an lebten Mom und ich hier, wie sie es gewollt hatte. Sie wollte nicht erklären, warum. Sie sagte nur, sie würde mir später alles erzählen, nachdem wir uns hier niedergelassen hätten.«

Sie hielt wieder inne und blickte in ihre Tasse mit Schokolade, als suchte sie Kaffeesatz, aus dem sie lesen könnte.

»Später erfuhr ich dann, daß ein ›alter Freund der Familie‹ in Port City lebte. Er war an meinem Kind interessiert und wollte dafür sorgen, daß es meinem Kind ›an nichts fehlen‹ sollte. Es waren genau diese Worte: Meinem Kind sollte es an nichts fehlen. Aber dieser alte Freund wollte anonym bleiben. Ich hatte eine Ahnung, wer er war, aber ich wollte nicht herumstochern . . . jedenfalls nicht mehr, als ich erfuhr, daß mein Junge zu dieser berühmten Klinik nach New York geschickt werden sollte.

Aber trotzdem, ich machte mir so meine Gedanken. Mom und ich sollten in Port City bleiben. Wir sollten dem Jungen nicht nach New York folgen. Den Grund dafür sagte man uns nicht. Es war eine . . . Bedingung. Und um völlig aus dem Spiel zu bleiben, bestand unser Gönner darauf, alle Absprachen nur mit Mom zu treffen – und nach einiger Zeit war ich sicher, wer es war, auch wenn Mom es immer abstritt. Ich . . . ich hab sie nie gedrängt, es zuzugeben, weil die Gesundheit meines Jungen das Wichtigste war.«

Ihre Stimme schwankte jetzt stark, und die blauen Augen wurden feucht.

»Gestern abend . . . gestern abend war ich bei einer Freundin. Weil ich kein Auto habe, bot sie mir an, mich zu dem Haus zu fahren, wo ich mit Mom lebte. Kurz . . . kurz vor dem Haus waren plötzlich dicke schwarze Wolken in der Luft, und der Himmel war . . . er war orange. Unser Haus stand in Flammen.«

Sie drückte unwillkürlich, ohne es selbst zu bemerken, meine Hand.

»Ich . . . ich sprang aus dem Wagen, bevor er richtig stand, und rannte zum Haus. Als ich näher kam, sah ich mehrere Feuerwehrleute, die ein brennendes Sofa aus dem . . . aus den Flammen heraustrugen, und auf dem Sofa lag . . . ich konnte nur eine verkohlte Gestalt sehen . . . die Feuerwehrmänner legten den Körper auf eine Trage und schoben ihn in einen Krankenwagen, der auf dem Gehweg stand. Ich beugte mich darüber, und . . . der verkohlte Körper war Mom.«

Sie weinte. Endlich konnte sie weinen.

Ich begann: »Sie müssen nicht . . .«

Aber sie fuhr fort. Sie kämpfte gegen die Tränen, die schmale, glänzende Bänder über ihr Gesicht gezogen hatten.

»Moms Haar war völlig verbrannt, nur noch kurze, schwarze Stoppeln. Durch die zerfetzte, verkohlte Kleidung sah ich ihre Haut, und die Haut war aschgrau und stellenweise sogar schwarz. Ihr Gesicht war so . . . so stark verbrannt, daß es schrecklich angeschwollen war. Es . . .«

»Hören Sie auf, Janet«, sagte ich. »Ersparen Sie sich das doch.« Ich hatte eine Papierserviette aus dem Ständer gezogen und tupfte ihr Gesicht ab, trocknete ihre Tränen wie ein Vater einem Kind. Sie schien es nicht zu bemerken.

»Sie wollten mich nicht im Krankenwagen mitfahren lassen. Sie sagten, sie würden sie ins University Hospital in Iowa City bringen, wo es eine Spezialabteilung für Brandverletzungen gibt. Ich sollte bei meiner Freundin übernachten; ein Arzt kam mit, um mir ein Beruhigungsmittel zu geben, aber ich wollte nicht. Fünf Stunden später rief ich im Krankenhaus an, und ein Arzt sagte mir, der Zustand meiner Mutter wäre kritisch, aber irgend etwas paßte nicht ins Bild. Sie hätten Anzeichen dafür gefunden, daß meine Mutter vor dem Brand übel zusammengeschlagen worden wäre.«

Sie blickte mich mit ihren blauen Augen an, die jetzt nicht mehr feucht waren – kalt waren sie und klar, und irgendwie zugleich erschrocken und erschreckend.

Dann kam Meyer herein. Ihr Bus war da. Sie stand rasch auf, und ich folgte ihr und stellte ihr noch einige hastige Fragen und bekam einige hastige Antworten. Eine lautete »Ja«, nachdem ich sie gefragt hatte, ob sie mich anrufen würde, sobald sie aus Iowa City zurück wäre. Ich wollte hören, wie es ihr und ihrer Mutter ginge.

Dann sah ich ihr blasses, trauriges Gesicht hinter dem Fenster des Busses in der Ferne verschwinden.

4

Zehn Minuten, nachdem Janet Tabers Bus nach Iowa City abgefahren war, kam Johns Bus an.

Er stieg aus, in jeder Hand eine schwere Reisetasche und einen Kleidersack über dem Arm. Als er mich entdeckte, lächelte er erfreut. Er trug eine riesige, verspiegelte Sonnenbrille, und das Lächeln hätte sich in jeder Zahnpastareklame gut gemacht. So bestand mein erster Eindruck von ihm nur aus Sonnenbrille und weißen Zähnen.

Nicht, daß der Rest unansehnlich gewesen wäre. Er war sehr auffallend gekleidet – schwarze Lederhose und eine gelbe Büffellederjacke von der Art, wie sie vor kurzem in Kalifornien in Mode gewesen waren. Das Ding hatte Fransen wie die Jacke von Buffalo Bill. Darunter trug er ein offenes blaues Hemd, das von einem grellbunten Halstuch ergänzt wurde. Nur sein kurzes schwarzes Haar, die aufrechte Haltung und sein forscher Schritt, als er zu mir herüberkam, verrieten, daß er Sergeant der Army auf Heimaturlaub war.

Wir gaben uns herzhaft die Hand und faßten uns an den Schultern.

»Hallo, Mal.«

Ich musterte seine Aufmachung und schüttelte lachend den Kopf, worauf sich sein Zahnpastalächeln langsam in ein verlegenes Grinsen verwandelte.

»John«, sagte ich, »du gibst dir aber wirklich alle Mühe, die Uniform zu vergessen, was?«

»Ach, hör doch auf. Du weißt doch, daß ich in Kalifornien stationiert bin.« Er zog einen Mundwinkel herab. »Und ich bin immer gern bereit, die Bräuche der Eingeborenen zu übernehmen.«

»Geschenkt«, sagte ich. »Du ziehst dich doch nur so an, weil du hoffst, daß dich ein Spieler in einer Bar als Hippie bezeichnet, damit du einen Grund hast, auf seinem Schädel einen Tisch zu zertrümmern.«

»Mal, das glaubst du doch nicht wirklich?«

»Natürlich kann es auch was damit zu tun haben, daß Uniformen auf die kalifornischen Mädchen nicht mehr so wirken wie früher.«

»Ein wenig, vielleicht«, gab er zu.

Ich brauchte nichts weiter zu sagen. Es gibt einen gewissen Mädchentyp, der sich durch Uniformen angezogen fühlt, und John hatte dies vor einigen Jahren, vor unserer ersten (und meiner letzten) Abkommandierung nach Vietnam, gelernt. Wie viele junge Soldaten hatte John sich mit einem dieser raffinierten, hübschen Mädchen eingelassen, die Soldaten heiraten und ausnehmen, solange sie in Übersee sind. Sobald sie dann nach Hause kommen, lassen sie sich scheiden. In Johns Fall war es sogar noch schlimmer: während er fort war, hatte sein Mädchen von einem anderen Mann ein Kind bekommen. Die Sache hatte John ziemlich mitgenommen.

Ich bückte mich und hob eine seiner Taschen auf. Die andere Tasche und den Kleidersack überließ ich ihm. Er warf sich die Tasche über die Schulter und blickte über die vier Fahrspuren des Mississippi Drive und die Eisenbahnstrecke zum Parkplatz auf der anderen Seite, wo der Fluß an das betonierte Ufer klatschte. Das Wasser war heute sehr ruhig. John wandte sich wieder mit seinem breiten Lächeln an mich. Er freute sich, zu Hause zu sein. »Hast du 'n Auto, Junge?«

»Ja«, sagte ich. »Ich hab einen Block weiter geparkt.«

»Dann man los.«

»Vorwärts, marsch, meinst du, was?«

»Nun halt mal die Luft an, Kerl.«

Als wir einige Schritte gegangen waren, sagte John:

»Ist es so kalt, oder kommt es mir nach dem sonnigen Wetter nur so vor?«

»Es ist so kalt.«

»Was ist?«

Ich war vor einem drei oder vier Jahre alten, verbeulten, gelben Rambler stehengeblieben. »Das ist mein Auto.«

»Das ist dein Auto.«

»Genau.«

»Ehrlich?«

»Ehrlich.«

Wir verstauten seinen Kram im Kofferraum. John sagte: »Wie bist du nur auf diese Zitrone gekommen?«

Ich zuckte die Achseln. »Das Ding schluckt nicht viel Benzin, und ich hab's billig gekriegt.«

»Ich dachte, deine Alten hätten dir einen Haufen Geld vererbt, Mal. Seit wann bist du so geizig?«

»Mein Gott, ihr Soldaten seid ja nicht gerade sehr taktvoll.«

Ich setzte mich hinters Steuer. John stieg auf der anderen Seite ein, und ich zog aus der Parklücke und fuhr eine halbe Meile, bis wir vor einer roten Ampel halten mußten.

»Um ehrlich zu sein«, sagte ich, »muß ich zugeben, daß ich den größten Teil des Geldes schon im ersten Jahr nach dem Tod meiner Eltern ausgegeben habe. Zum Beispiel für einen Sportwagen, den ich nach einem Monat in einen Schrotthaufen verwandelte. Ich hab mich vor kurzem entschlossen, mit dem Rest etwas sparsamer umzugehen, damit ich so lange wie möglich ohne – wie heißt das noch? – regelmäßige Beschäftigung auskomme.«

Die Ampel sprang auf Grün um, und ich bog nach rechts in die Second Street ein.

John sagte: »Ich hatte drüben in Kalifornien ein paar

Monate einen MG, aber die Raten haben mich fast ruiniert, und die Strafmandate wegen überhöhter Geschwindigkeit waren auch nicht ohne. Ich war sogar einmal im Knast.«

»Wie schnell bist du denn gefahren?«

»Hundertvierzig. Und ich hatte dieselben Sachen an wie heute, verstehst du? Die haben mich wie den letzten Dreck behandelt, bis sie erfuhren, daß ich Sergeant bei der Army bin. Als sie es hörten, hätten sie sich fast noch dafür entschuldigt, daß sie mich überhaupt angehalten haben. Diese verdammten Heuchler.«

»Aber das war erst, nachdem sie dich eingebuchtet hatten?«

»Ich war nur eine Nacht drin, weil ich keine Papiere dabei hatte. Aber nachdem ich so lange in einem Knast gelebt habe, war die eine Nacht kein Problem für mich.«

»Das erinnert mich daran, daß dich dein Stiefvater sehen will. Sollen wir im Büro vorbeifahren?«

»Nee«, sagte er. »Ich will zuerst mal ein Bier trinken. Sollen wir zu dir fahren und ein paar Dosen aufmachen?«

»Gut.«

Wir fuhren die leichte Steigung der Second Street hinauf, die in den Stadtteil East Hill führt. Port City ist eine typische, vom Mittelstand beherrschte, ruhige Industriestadt am Fluß. Sie hat knapp über zwanzigtausend Einwohner und brüstet sich damit, daß Mark Twain einmal hier gelebt hat; er schrieb damals noch als Sam Clemens für das *Port City Journal* und wohnte in einem Haus am Fluß, dessen Veranda, wie er später einmal sagte, ihm den großartigsten Ausblick auf die Sonnenuntergänge über dem Fluß gewährte, den er jemals gesehen hatte. Vor einigen Jahren war das Haus abgerissen worden und einer Tankstelle gewichen.

Ich fragte mich, ob Janet Taber wirklich anrufen würde. Natürlich hatte es damit zu tun, daß ich sie sehr anziehend fand, aber das war nicht alles. Die Geschichte, die sie mir über ihre Mutter und das niedergebrannte Haus erzählt hatte, ganz zu schweigen von meiner Begegnung mit dem einäugigen Alptraum im Busterminal, ließen sie für mich wie eine Person aus der ersten Folge einer spannenden Fernsehserie erscheinen – Sie wissen schon, eine Serie von der Art, wo man Angst hat, man könnte durch einen dummen Zufall die nächste Folge verpassen.

»Ich sagte, die Stadt hat sich kaum verändert«, sagte John.

»Bitte?«

»Mein Gott, ich war zwei Jahre nicht da, und jetzt sitzt du neben mir und träumst.«

»Oh. Entschuldige, John. Ich hab nachgedacht.«

»Das ist der Augenblick, indem ich fragen sollte: ›Und wie heißt die Dame?‹«

Ich grinste.

»Hübsch?« bohrte er.

»Nicht schlecht. Aber sie hatte in der letzten Zeit einiges am Hals; ich glaube, sonst hätte sie noch besser ausgesehen.«

»Willst du darüber reden?«

Ich bog in die Grand Avenue ein, die uns bis in die Nähe meines Wohnwagens bringen würde. »Glaubst du an Haß auf den ersten Blick?« Ich erzählte ihm von Punjab.

Der Rambler und mein Bericht über die Ereignisse im Busterminal kamen vor meinem Wohnwagen gleichzeitig stotternd zum Stehen. John grinste etwas, als er den Wohnwagen sah, aber das störte mich nicht.

Ich liebte meinen Wohnwagen.

Es machte mir überhaupt nichts aus, daß er ein Dinosaurier seiner Art war. Nur weil die matte Aluminiumhaut etwas verbeult war, konnte man doch nicht sagen, daß mein Heim kein Herz hatte – kennen Sie *Der Zauberer von Oz?* –, und trotz seines Alters war es ein geräumiger Wohnwagen, wahrscheinlich das größte Modell, das in seiner lange vergangenen Glanzzeit hergestellt worden war. Der alte Knabe, der vor mir darin gelebt hatte, hatte den Silberfisch offenbar genauso geliebt wie ich, denn nachdem er ihn jahrelang als Sommerhaus am See benutzt hatte, war er auf dieses freie Grundstück umgezogen und hatte sich nach dem Tod seiner Frau für den Rest seines Lebens hier niedergelassen. Er hatte sich die Zeit und Mühe gemacht, die Wände mit Holz zu verkleiden und eine moderne Kochnische eingebaut. Wenn der alte Bursche nicht gestorben wäre, würde er vermutlich immer noch hier leben. Sein Sohn, von dem ich den Wohnwagen gekauft hatte, war weniger sentimental gewesen.

»Willst du bei mir schlafen?« fragte ich John, indem ich auf den Kofferraum mit seinen Taschen deutete.

»Nein. Ich bleib lieber bei Brennan. Du kannst mich ja nachher hinfahren, wenn es dir nichts ausmacht.«

»Klar.«

Wir gingen über die große Wiese mit dem herbstlich braunen Gras zum Wohnwagen. Trotz seiner stattlichen Größe wirkte der Wohnwagen auf dem ansonsten leeren Grundstück winzig – eine überdimensionierte, weggeworfene Bierdose in einem unterdimensionierten Park. Die Umgebung war ein Wohngebiet der Mittelklasse, und mein Wohnwagen war ein Fremdkörper – aber auf der inzwischen begrünten Versuchsmüllkippe, auf der er stand, hatte niemand sonst wohnen wollen. Ich dachte, erst wenn ich mindestens dreißig Jahre dort gelebt hätte, ohne im Müll zu versinken, würden die Leute, von denen ich das Grundstück gepachtet hatte, verlangen, daß ich verschwände, damit sie bauen könnten.

Wir betraten das Wohnzimmer, in dem überall Bücher

und Schallplatten und halbgegessene Fertiggerichte herumstanden.

»Wie du siehst«, sagte ich, »habe ich mein Heim für dich auf Hochglanz gebracht.«

John hörte mich nicht; er dachte immer noch über die Schlägerei im Busterminal nach, von der ich ihm gerade erzählt hatte.

Ich räumte ein paar Teller zusammen und stellte sie in die Spüle. John setzte sich auf die Couch und betrachtete die Poster an den dunklen Holzwänden: ein Werbeplakat für den Film *2001*, Jane Fonda in ihren vorpolitischen Barbarella-Zeiten, ein phantastisches Panorama mit dem Titel »Disneyland bei Nacht«, das eine Orgie zeigte, bei der die Trickfiguren die Hauptrollen spielten. Aber keins dieser Kunstwerke erregte Johns Aufmerksamkeit; sein Blick war leer, und er grübelte immer noch über meine Abenteuergeschichte nach.

Ich holte zwei Pabst aus dem Kühlschrank und warf ihm eins zu. Dann legte ich eine Platte meiner augenblicklichen Lieblingsgruppe – Deep Purple – auf, setzte mich neben ihn und versuchte, das Thema zu wechseln.

»Wie lange hast du Urlaub?«

»Was?«

»Ich sagte, wie lange hast du Urlaub?«

»Oh. Einen Monat.«

»Und dann geht's wieder an die Front?«

»Ja. Ich meine, nein.«

»Ich dachte, du wärest ein Karrieretyp, alter Knabe.«

»Bin ich auch. Ich gehe zur Air America.«

»Mann! Du willst Söldner werden? Du machst Witze.«

»Nein. Ich liebe den Kampf, und in Asien ist noch was los. Ich will was erleben.«

»Du meinst, du liebst die Kampf*zulage.* Oder hast du Todessehnsucht?«

John war auf einer Basis stationiert gewesen, die

»Rosengarten« hieß. (Ganz recht, wie ›Ich hab dir nie einen . . . versprochen‹.) Er war immer wieder an der Grenze zwischen Thailand und Vietnam im Einsatz gewesen. In der Öffentlichkeit wurde behauptet, wir hätten uns aus dem Vietnamkrieg zurückgezogen, aber das war ganz und gar nicht der Fall. Trotzdem würde auch der »Rosengarten« irgendwann geschlossen werden, und Soldaten wie John, die verrückt genug waren, den Kampf zu *suchen*, mußten sich als Söldner verdingen, wenn sie im Spiel bleiben wollten.

Er sagte: »Ich möchte nicht darüber reden, Mal.«

»Ich weiß, ich weiß. Deine Exfrau hat einen Haufen Schulden gemacht, den du abbezahlen mußt. Und die Kampfzulagen bei der Air America sind allein schon höher als der ganze Sold bei Onkel Sam. Und du willst dein Zivilleben nicht mit einem Schuldenberg beginnen. Ich kenne deine Gründe, aber es ist trotzdem verrückt.«

»Sei so nett.«

»Ich denk nicht dran. Ich werde dich damit den ganzen Monat, den du hier bist, nicht in Ruhe lassen. Ich habe nicht so viele Freunde, daß ich es mir leisten könnte, einen zu verlieren.«

»Bitte.«

»Okay. Du bist ja gerade erst angekommen. Du willst dich ausruhen, ich weiß, ich weiß. Ich hör schon auf. Aber nur für den Augenblick.«

»Danke.«

»Gern geschehen. Aber es *ist* verrückt, wieder hinzugehen, John.«

John ignorierte meine letzte Bemerkung und trank einen Schluck Bier. »Hast du dir schon überlegt, was passiert, wenn dir dieser Typ noch einmal über den Weg läuft?«

»Welcher Typ?«

»Dieser Schwarze aus dem Terminal.«

»Das ist eine Möglichkeit, an die ich lieber nicht denken will.«

»Vielleicht. Vielleicht solltest du aber auch mit Brennan darüber sprechen.«

»O mein Gott. Das wäre das Letzte. Hör mal, du mußt mir versprechen, daß du ihm kein Wort sagst, ja? Ich meine, er wird wissen wollen, warum ich ihn angerufen habe, und ich werde ihm was Hübsches erzählen, also vermaßle mir bitte nicht die Tour.«

»Ich werde ihm nichts verraten, Mal.«

»Braver Junge.«

»Bist du sicher, daß diese Blondine den Mann nicht kannte?«

»Sie hat es gesagt.«

»Also, ich weiß nicht. Hat sie nicht irgendwas gesagt, das die Vermutung nahelegt, daß jemand den Typ auf sie angesetzt hat?«

Ich zögerte.

Was Janet mir erzählt hatte, war vertraulich gewesen, und da Johns Stiefvater Sheriff war . . .

Aber John und ich waren immer offen miteinander gewesen, und ich wollte, daß er mir gegenüber offen bleibt, denn ich wollte einige Punkte bei ihm guthaben, damit ich ihm diese Söldnergeschichte in Indochina ausreden konnte. Also faßte ich für ihn zusammen, was Janet Taber mir erzählt hatte.

»Jesus«, sagte John. »War sie schon bei der Polizei? Wenn ihre Mutter wirklich geschlagen wurde . . .«

»Ich glaube schon«, sagte ich. »Sie sagte, es liefe eine Ermittlung wegen Brandstiftung.«

»Vielleicht kann die Mutter mehr sagen.«

»Wenn Janet den Zustand der alten Dame richtig beschrieben hat, dann bezweifle ich, ob sie überhaupt jemals wieder auf eine Frage antworten kann – in dieser Welt jedenfalls. – Wie wär's denn, wenn wir's uns gemütlich machen und blutrünstige Geschichten aus dem Krieg erzählen, damit wir was zu lachen haben?«

Aus meiner Stereoanlage sang Deep Purple gerade: »Hush . . . hush.«*)

John stand auf und holte sich ein neues Pabst aus dem Kühlschrank. »Ich glaube, sie hat dich reingelegt«, sagte er, als er wieder neben mir saß. »Du hast ihr gesagt, daß du Krimis schreibst, und das war für sie das Stichwort – die ganze Geschichte ist eine riesige Ente, und das Mädchen ist eine Aufschneiderin.«

»Eine Ente.«

»Ja.«

»Dann hat sie aber eine lebhafte Phantasie. Dieser Gorilla, den ich vermöbelt habe, war nämlich keine Ente.«

»Das war nur der äußere Anlaß, um dir einen Bären aufzubinden. Ihr Aufhänger. Wahrscheinlich gibt es wirklich einen Grund in ihrer Vergangenheit, vielleicht hat sie mal jemand was getan, aber es ist bestimmt nichts Aufregendes. Vielleicht ist er ihr Freund – oder ihr Zuhälter.«

»Die nicht«, sagte ich. Ich leerte mein Bier. »Auf keinen Fall. Das war keine Nutte. Es war die Wahrheit – ich hab's ihr angesehen.«

»Dich hat's aber voll erwischt, was?«

Ich zog es vor, seine Bemerkung zu überhören, stand auf und drehte die Schallplatte um. Als ich wieder bequem auf der Couch saß, sagte ich: »Ich glaube, es wird wieder mal Zeit, das Thema zu wechseln. Was hast du in den letzten Jahren gemacht?«

Die nächsten Stunden vergingen wie im Fluge. Das Gespräch über die alten (und neuen) Zeiten ließ mich Janet und ihre phantastische Geschichte fast vergessen.

---

* Still, still . . .

Aber irgendwie war sie, in einem Winkel meines Bewußtseins, immer noch da; sie saß schweigend in einer Ecke, wie sie im Busterminal gesessen hatte.

Ich hatte gerade den Fernseher eingeschaltet, weil ich mit John die Zehnuhrnachrichten ansehen wollte, als das Telefon klingelte. Ich sprang sofort auf, weil ich dachte, es wäre Janet.

»Ja?« sagte ich.

»Brennan hier. Wo, zum Teufel, ist mein Sohn?«

Brennan. So ein Mist.

»Tut mir leid, Sheriff«, sagte ich. »Ich hab ihn wohl etwas zu sehr für mich beansprucht. Wir haben Bier getrunken und geredet, Sie wissen ja, wie das ist.«

»Geben Sie ihn mir.«

»Schon gut, schon gut, immer mit der Ruhe.« Ich blickte zu John. »Der klingt noch bissiger als sonst.«

John nahm den Hörer und meldete sich und hörte eine Weile zu. Er sagte ab und zu »Ja«, dann legte er wieder auf.

»Was ist los?«

»Draußen auf der Colorado Hill war ein Unfall oder so was. Er meint, wahrscheinlich könnte ich es vergessen, ihn heute abend noch zu besuchen, er hätte alle Hände voll zu tun.«

»Klang er wütend?«

»Ja. Er meint, ich hätte zuerst zu ihm kommen sollen.«

»Das hättest du wirklich tun sollen.«

»Was meinst du, sollen wir rausfahren und ihm Gesellschaft leisten?«

»Stören wir ihn auch nicht?«

»Was? Ein Sergeant der Army und ein Ex-Cop?«

»Tja, dann«, sagte ich. »Es ist deine Show. Du hast das Recht, deinen Urlaub auf so verrückte Weise zu verbringen, wie du willst. Laß uns fahren.«

5

Port City und Davenport sind durch zwei Highways verbunden. Der Colorado Hill liegt an der älteren, weniger befahrenen Straße – ein schmales, rissiges Betonband, das sich am Mississippi entlangwindet. Der einzige Vorteil dieser älteren Straße, die von den Einheimischen River Road genannt wird, besteht in der malerischen Landschaft, durch die sie führt – zum Beispiel am Colorado Hill vorbei. Diese Anhöhe ist nur zehn Meilen von Port City entfernt, und die meisten Ausflügler fahren hinaus, bewundern die Aussicht und kehren nach Port City zurück, ohne auch nur im Traum daran zu denken, daß sie auf dieser Strecke auch die nahegelegenen Quad Cities erreichen könnten. Der übrige Verkehr auf der River Road besteht hauptsächlich aus den Lastwagen der verschiedenen Fabriken und Steinbrüche, die an der Straße liegen.

»Verdammt«, sagte John. Er mußte laut sprechen, um den tuckernden Rambler zu übertönen. »Neumond – wußtest du das?«

»Diese Dunkelheit ist weder für den Fahrer noch für die Aussicht gut.« Ich hatte mich vorgebeugt und umklammerte das Lenkrad, während ich meine Augen anstrengte, um rechtzeitig losgerissene Betonbrocken, Schlaglöcher und möglicherweise eingestürzte Brücken ausmachen zu können.

»Ich hab diese Strecke immer geliebt«, sagte John. »Ich hab mich so auf den Ausblick über den Fluß gefreut.«

»Versuch's beim nächstenmal zu Fuß, am besten mittags.«

»Da vorn ist was, Mal.«

»Ja, schon erkannt.«

Eine Viertelmeile vor uns bewegten sich zu beiden Seiten der Straße zwei winzige Lichtpunkte. Als wir näher kamen, verwandelten sich die Punkte in rotorange flackernde Warnlampen, die von Jugendlichen getragen wurden. Ich beobachtete, wie die Jungs die Lampen am Straßenrand aufstellten. Dann kam einer zu uns herübergerannt. Ich kurbelte die Scheibe hinunter und hörte, was er zu sagen hatte.

»Da vorn ist ein Unfall! Da vorn ist ein Unfall! Kehren Sie lieber um.«

Ich nickte dem Jungen zu, kurbelte das Fenster wieder hoch und fuhr mit Schrittgeschwindigkeit weiter. Nach fünfzig Metern erreichten wir einen Mann, der einen zweiten Satz größerer Warnlampen aufstellte. Er hob die Hand, um uns zu stoppen.

»Ja?«

Es war Oliver DeForest, der in der Stadt in einem Schuhgeschäft arbeitete. Er war Mitglied der Sheriff's Patrol – das ist eine Gruppe von Mitbürgern, die nebenberuflich als Deputys aushelfen. Er sagte: »Da vorn ist ein Unfall, Mallory. Es ist ein ziemliches Durcheinander. Kehren Sie lieber um.«

»Hier neben mir, das ist der Stiefsohn des Sheriffs, und wir wollen zu ihm, Ollie.«

»Oh . . .« Er beugte sich herunter, blickte zum Beifahrersitz und nickte John zu. »Schön, daß Sie wieder im Lande sind.« Er kratzte sich am Kopf. »Tja, wenn das so ist, könnt ihr weiterfahren.«

Wir krochen eine Steigung hinauf und erreichten schließlich eine scharfe Kurve, hinter der die Straße geradeaus weiterlief. An dieser Stelle wurde sie links von einem steilen Felsabhang begrenzt, rechts war ein bodenloser Abgrund. Tagsüber bot dieser Ort einen Postkartenausblick über den Mississippi. Direkt vor der Kurve standen noch zwei rosa blinkende Warnlampen;

eine links am Felsen, die andere rechts unter einem Schild, das eine Geschwindigkeit von 20 Meilen pro Stunde vorschrieb.

Hinter der Biegung, wo die Straße wieder gerade wurde, war die Dunkelheit wie bei einem dörflichen Schützenfest erhellt. Ich sah noch ein halbes Dutzend Warnlampen; einige steckten in Nischen in der Klippe, die anderen waren an dem Zaun aus stabilen weißen Pfosten und dickem Draht aufgebaut, der den Abgrund abschirmte. Die Felsen wurden von den Scheinwerfern zweier Zivilfahrzeuge angestrahlt (noch mehr Freizeitsheriffs, vermutete ich). Der goldfarbene Buick des Sheriffs, im Augenblick der einzige Dienstwagen am Ort, stand auf dem mit Kies bestreuten Parkplatz am Zaun. Die Einsatzleuchten, eine rote und eine blaue, kreisten langsam auf dem Dach des Streifenwagens. Sechs oder sieben Männer rannten scheinbar ziellos in dem kleinen Bereich hin und her und winkten mit Warnlampen. In der umgebenden Dunkelheit sahen sie aus wie übergroße, dicke Leuchtkäfer.

Brennan stand an einer Stelle, wo einer der Zaunpfähle zerbrochen und der stabile Draht niedergewalzt war. Auf dem Straßenpflaster waren keine Bremsspuren, doch auf dem Kies direkt vor dem umgelegten Pfosten sah ich Reifenspuren.

Ich hielt neben Brennans Wagen und sprang hinaus.

Brennan nahm den Stetson ab, den er immer im Dienst trug, und strich sich eine braune, fettige Haarsträhne aus der Stirn, während John und ich zu ihm hinübergingen.

»Allmächtiger«, sagte er. »Ihr habt einen guten Augenblick für einen Besuch gewählt.«

John zuckte die Achseln und hielt Brennan eine Hand hin, die dieser mit gespieltem Widerwillen nahm.

»Schön, daß du da bist, Junge«, sagte Brennan. »Egal, unter welchen Umständen.«

»Ganz meinerseits, Sir.«

Brennan drehte sich um und funkelte mich an. »Ach, unser Krimiautor«, sagte er spöttisch. Dann nickte er in die Richtung meines Ramblers und sagte: »Ein Unglück reicht aus; sie hätten nicht mit einem zweiten herkommen sollen.« Er musterte Johns Fransenjacke und sagte: »Du hast aber eine hübsche Jacke. Wenn ich mich recht erinnere, hattest du schon mal so eine, als du so verrückt auf Davy Crockett warst.«

Ein netter Mann, dieser Brennan.

Ich sagte: »Was ist hier passiert?«

Jetzt zuckte Brennan die Achseln. »Bin selbst gerade erst angekommen. Soweit ich es bis jetzt sagen kann, hat der Fahrer die Kontrolle über den Wagen verloren und den Zaun durchbrochen.« Er ging durch das Loch im Zaun bis an die Kante der Klippe. »Der Wagen liegt dort unten. Wie ihr seht, hat er beim Aufprall nicht Feuer gefangen, ich weiß auch nicht, warum. Der Krankenwagen ist unterwegs, aber wir haben keine Ahnung, wer im Wagen ist, wie viele Insassen und in welchem Zustand. Nach so einem Absturz, Mann . . . ich hoffe nur, wir kriegen ihn mit dem Kran des Abschleppwagens hoch, falls das Seil überhaupt lang genug ist. Als ihr zwei hier aufgekreuzt seid, wollte ich gerade runterklettern.«

»Wir können ja mitkommen«, schlug ich vor.

»Ja, wir kommen einfach mit«, sagte John.

»Okay . . . he, Russ!«

Einer der Männer, die mit den Warnlampen herumrannten, blieb stehen und kam zu uns herüber. »Ja?«

»Versuchen Sie bitte, hier oben etwas Ordnung zu schaffen. Ich will zum Wagen runter. Wenn der Abschleppwagen oder der Krankenwagen kommt, dann informieren Sie die Leute, was hier passiert ist.«

»Okay, Sheriff.«

Brennan holte eine Taschenlampe aus seinem Streifenwagen, kehrte zu uns zurück und führte John und mich ein Stück die Straße hinunter. An der Stelle, an der Ollie DeForest uns angehalten hatte (er stand immer noch neben seiner Lampe und bewachte sie wie der standhafte Zinnsoldat), verließ Brennan die Straße, kletterte über den Zaun und bewegte sich über ein weniger steiles Stück der Klippe schräg zum Unfallort zurück.

Es dauerte nicht lange, bis ich völlig die Orientierung verloren hatte. Ich stolperte einfach dem Stetson und der Taschenlampe hinterher. John folgte mir anscheinend mühelos; er war an nächtliche Einsätze gewöhnt, und für ihn als erfahrenen Dschungelkämpfer waren die ausgetrockneten Gräser, die Büsche und Bäume, durch die wir uns einen Weg bahnten, kein Hindernis.

Vier Minuten später erreichten wir den Wagen.

Er stand auf einer kleinen, relativ freien Fläche auf der Schnauze – ein schwarzes, witziges Monument, das nicht ganz im Zentrum der kleinen Lichtung den Hintern in die Luft reckte. Es war ein dunkler, relativ neuer Ford, aber das war auch schon alles, was ich erkennen konnte. Das Wrack sah aus wie ein Käfer, der sich beim Sturzflug selbst plattgequetscht hatte.

Ich bemerkte erst jetzt, wie kalt es war. Es ging kein Lüftchen, sondern es war eine schweigende, klamme Kälte, in der unser Atem sichtbare Fahnen zog. Ich blieb am Rand der kleinen Lichtung stehen und überließ es Brennan und John, zum Unfallwagen hinüberzulaufen. Ich schob die Hände tief in die Hosentaschen, zog die Schultern ein und hörte meinen klappernden Zähnen zu. Die Bäume, die die offene Fläche umgaben, kamen mir vor wie große, dicke, alte Frauen. Manchmal verwandelten sich die Stämme in lange, schmale und faltige Gesichter, und die entlaubten, dürren Äste waren Haare, die wie dunkles Seegras nach oben standen.

Sie hatten Schwierigkeiten, die Tür aufzubekommen.

Ich gesellte mich zu ihnen, um zu helfen. Über uns erklang die Sirene eines Krankenwagens, zuerst fern und leise wie ein schwacher Sender im Radio, dann langsam stärker werdend, und plötzlich war die Stelle, wo wir die Straße verlassen hatten, in orangenes Licht getaucht.

Endlich gab die Tür nach, und eine Wolke aus Alkoholdunst zog heraus. Auf der Beifahrerseite lag eine Flasche Haig and Haig auf dem Boden – ironischerweise völlig unversehrt. Die Fahrerin selbst hatte weniger Glück gehabt – es war eine junge blonde Frau, die vom Stahl und Glas des zerschmetterten Autos völlig eingequetscht war. Eine kraftlose Lumpenpuppe, die nur mit Mühe ihre Füllung behielt. Das kaum verletzte Puppengesicht war in unsere Richtung gewandt, die Augen gnädig geschlossen.

»Mein Gott«, sagte ich. Ich hielt mir eine Hand vor den Mund und versuchte, den Brechreiz zu unterdrücken. Ich lehnte mich gegen das Wrack und wandte den Blick ab, ließ ihn in die Richtung wandern, wo der Fluß sein mußte. Doch durch die Bäume und wegen der Dunkelheit konnte ich nichts sehen, obwohl ich die Gegenwart des Flusses spürte. Weit unten schwappten leise Wellen.

Brennan schnaubte empört, als er meine Reaktion bemerkte. »Ich hab schon Schlimmeres gesehen«, sagte er.

»Mal auch«, sagte John. »Was hast du, Mal?«

»Die Frau da im Wagen.«

»Was ist mit ihr? Kennst du sie etwa?«

»Ja, seit heute.«

»Mein Gott«, sagte John. Er hatte verstanden, und jetzt hielt auch er sich eine Hand vor den Mund und wandte sich ab.

TEIL 2

Mittwoch, 27. November 1974

6

»Also hast du Brennan alles erzählt«, sagte John.

»Ja, hab ich.«

»Von dem Schläger im Busbahnhof, Janet Tabers Geschichte über das niedergebrannte Haus, alles.«

»Ja.«

»Und er hat nur dagesessen und kein Wort gesagt.«

»Oh, er hat schon was gesagt. Er sagte: ›Lassen Sie mich in Ruhe und schreiben Sie Ihre albernen Kriminalromane.‹«

John saß mir gegenüber am Tisch. Er trug einen grellorangenen Rollkragenpullover. Es war noch zu früh am Tage, um einen solchen Pullover direkt anzublicken. Wir waren in Brennans Wohnung über dem Gefängnis – bis auf die gelb gehaltene Küche, in der wir saßen, war die Bude eine Studie in schmutzigen Brauntönen. Es war ungefähr neun Uhr; ich hatte bis heute morgen gewartet, ehe ich Brennan meine Geschichte erzählte. Dann hatte ich unten in seinem Büro mit ihm gesprochen; in der letzten Nacht, am Unfallort, war ein zu großes Durcheinander gewesen.

»Hat er überhaupt nichts darüber gesagt, was er jetzt unternehmen will?« John sprach durch einen Mundvoll Spiegelei und Kartoffeln, die er kurz zuvor bereitet hatte.

»Nichts«, sagte ich. »Ich denke, er wird sich mit dem Leichenbeschauer in Verbindung setzen und eine Autopsie vornehmen lassen.«

»Halt mal, langsam. Ich krieg das nicht zusammen. Er hat dagesessen und deine verrückte Geschichte angehört, und dann hat er gesagt, du sollst machen, daß du verschwindest?«

»So höflich war er nicht.«

»Wirklich, ein feiner Mensch, mein Stiefvater.«

»Ich sollte auch nicht hier raufkommen und dich wecken. Er wollte, daß ›der Junge sich etwas ausruht‹.«

»Zum Teufel damit. Ich weiß gar nicht, warum ich hier bei ihm bleibe. Wenn ich etwas Verstand im Kopf hätte, würde ich zu meiner Schwester umziehen.«

»Manchmal glaube ich, daß Brennan mich nicht leiden kann.«

»Das ist gut beobachtet. Sehr gut beobachtet.« John stand auf, brachte das Geschirr zur Spüle und ließ Wasser darüber laufen. Es sah etwas seltsam aus, denn das Fenster über der Spüle, das einzige Fenster in dieser typisch amerikanischen Küche, war mit Gittern gesichert. Er holte einen Krug Orangensaft aus dem Kühlschrank und fragte mich, ob ich ein Glas wollte. Ich nickte.

Er schenkte mir ein und sagte: »Wie hat er reagiert, als er erfuhr, daß dein gestriger Anruf aus dem Busbahnhof gar kein Scherz war, und daß du *wirklich* Theater mit diesem Gorilla hattest?«

»Er reagierte genauso, wie er auf alles andere reagierte, das ich ihm erzählte. Als hätte ich gesagt: ›Ein schöner Tag heute.‹ Er murmelte etwas in der Art, daß er noch nie von jemandem gehört hätte, auf den meine Beschreibung paßte.«

»Und was ist mit Janet Tabers Mutter? Hat er in Iowa City angerufen und sich erkundigt, wie es der alten Dame geht?«

»Noch nicht. Aber ich glaube, er wird es noch tun. Ich hab's ihm jedenfalls vorgeschlagen.«

»Mal.«
»Ja?«
»Du bist nicht zufrieden, was?«
»Was soll das heißen?«
»Du weißt genau, was ich meine. Du bist nicht zufrieden damit, daß du zu ihm gegangen bist und deine Pflicht getan hast. Du wolltest tun, was du dem Mädchen nach eurer fünfminütigen Beziehung schuldig zu sein glaubtest.«

Ich nippte an meinem Saft. So langsam wurde ich wach; ich merkte es daran, daß ich Johns hellorangenen Pullover ansehen konnte, ohne ein Schwindelgefühl zu bekommen.

»Nein«, sagte ich.
»Was – nein?«
»Nein, ich bin nicht zufrieden.«
»Gut. Du bist nicht zufrieden. Was willst du jetzt tun? Ich frage nicht, weil ich dein Sancho Pansa sein will, aber es interessiert mich schon.«

»Tja . . .« Ich trank noch einen Schluck Saft. »Ich hab es mir so gedacht: Ich hab jetzt über Thanksgiving ein paar Tage frei; ich muß mich erst am nächsten Dienstag für die neuen College-Kurse einschreiben. So bleibt mir fast eine Woche, um etwas herumzuschnüffeln.«

»Willst du eine Ermittlung führen? Du hast ein paar Krimis verkauft, aber das macht dich noch nicht zu einem Privatdetektiv. Mach dir nichts vor, Mal.«

»Das tue ich auch nicht, John. Ich will nur einigen Leuten ein paar Fragen stellen. Wenn ich etwas herausfinde, das dein Stiefvater nicht ignorieren kann, dann gebe ich die Informationen sofort weiter, das verspreche ich dir.«

Er schüttelte den Kopf. »Mal, ich hab meinen Vater – meinen richtigen Vater – schon vor langer Zeit verloren, und Mom erst vor kurzem. Du hast deine Eltern verloren. Wir haben im Krieg Freunde sterben sehen. Wir mußten uns immer wieder damit abfinden, daß Menschen starben. Es war schwer.«

»Ja, das ist wahr.«

»Dann weißt du so gut wie ich, daß es keine Möglichkeit gibt, den Toten ihre letzte Ruhe zu erleichtern. Niemand wird friedlicher ruhen, egal, was du tust, Mal. Niemand.«

»*Ich* werde friedlicher ruhen.«

Er dachte darüber nach, dann kam ein Ausdruck in sein Gesicht, der mir sagte, daß er eine Entscheidung getroffen hatte. Er beugte sich plötzlich vor und starrte mich mit zusammengezogenen Augenbrauen an. »Jetzt reg dich bitte nicht auf . . .«

»Was? Was willst du damit –?«

»Vielleicht hat es gar nichts zu bedeuten. Es ist eine Sache, bei der ich mir absolut nicht sicher bin. Es war letzte Nacht sehr dunkel, und ich war müde und hatte reichlich Bier getrunken.«

»Worauf willst du hinaus, John?«

»Ich hab einen Augenblick gedacht, daß ich das Mädchen auch kannte.«

»Janet? Du kanntest Janet?«

»Ich bin nicht sicher, Mal.«

»Warum hast du mir das nicht gestern nacht schon gesagt?«

»Ich hab ja gesagt, daß ich nicht sicher war, und du warst auch so schon aufgeregt genug. Es schien mir einfach zu weit hergeholt. Ich hielt es für Einbildung. Du hast den Namen Janet erwähnt, und ich dachte, ich hätte sie im Unterbewußtsein mit einer Janet verwechselt, die ich einmal kannte.«

»Wer *war* denn diese Janet, die du kanntest?«

»Sie war mit meiner Schwester befreundet, als ich noch auf der High School war.«

»Auf der High School. Hätte ich sie dann nicht auch kennen müssen?«

»Nein, das war nach deinem Abschluß. Du warst ein Jahr vor mir fertig.«

»Nein, warte, das ist nicht möglich. Meine Janet lebte in Des Moines. Sie ist erst in den letzten Monaten nach Port City gezogen.«

»Das ist es ja, Mal. Meine Janet lebte auch in Des Moines. Sie war nur für ein Sommersemester in Port City.«

»Wie hat deine Schwester sie kennengelernt?«

»Bei einem Ferienjob. Ich weiß nicht mehr, was es war.«

»Mann, ihr Nachname – wie war ihr Nachname, weißt du das noch?«

»Äh . . . Ferris, glaube ich. Ja, ich glaube, sie hieß Janet Ferris.«

Ich seufzte. Ich leerte mein Glas und schenkte mir aus dem Krug Orangensaft nach. Ich war jetzt wach. »Dann paßt es nicht. Du hast dir wirklich was eingebildet. Meine Janet hieß Taber.«

»Vielleicht hat sie geheiratet.«

»Das glaube ich nicht. Sie hat mit einem Mann zusammengelebt, aber sie hat ihn nicht geheiratet, soweit ich weiß. Ich glaube nicht, daß sie seinen Namen angenommen hat. Ich . . .«

Polternde Schritte auf dem Flur unterbrachen mich. Der Haushaltsvorstand machte eine Visite. Einen Augenblick später tauchte Brennans bullige Gestalt in der Küchentür auf. Er sagte: »Was zum Teufel tun Sie denn hier, Mallory? Ich dachte, Sie wollten den Jungen schlafen lassen.«

»Ich war schon auf, Sir«, sagte John.

»Ach so.«

Ich sagte: »Was haben Sie herausgefunden?«

Brennan starrte mich grimmig an und spannte seine Kaumuskeln; er wollte mir schon wieder was reinwürgen, aber John schaltete sich ein.

»Warum springst du immer so grob mit Mal um? Er wollte dir doch nur helfen.« Diesmal ließ John das »Sir« weg, als wäre ihm gerade eingefallen, daß Brennan nicht sein vorgesetzter Offizier war.

Aber Brennan ignorierte seinen Stiefsohn und starrte mich weiter an. Er versuchte, eine selbstbewußte, strenge Miene aufzusetzen, aber es funktionierte nicht.

Schließlich sagte er: »Mallory, bevor Sie mir noch mehr Fragen stellen, muß ich Ihnen was sagen: Stecken Sie ja nicht Ihre Nase in meine Angelegenheiten. Und dieser Fall *gehört* zu meinen Angelegenheiten. Sie hatten einige Informationen, die haben Sie mir gegeben, und jetzt gehen Sie wieder nach Hause, verdammt noch mal. Husch, husch.«

Und ich sagte: »Ich bin kein unbeteiligter Zeuge, Brennan. Ob Sie wollen oder nicht, ich bin direkt beteiligt. Sie wissen genau, daß ich der wichtigste Zeuge der Anklage bin, falls Sie was Verwertbares finden. Also seien Sie nett zu mir, Brennan. Befriedigen Sie die Neugier eines besorgten Bürgers.«

Er kam zu uns herüber und setzte sich zu uns an den Tisch. Sein Gesichtsausdruck wurde so freundlich, wie es ihm eben möglich war, wenn er mich sah. Es war eine Art leutselige Grimasse.

Er sagte: »Ich bin Ihnen dankbar, daß Sie mich über die Begleitumstände des Unfalls in der letzten Nacht informierten. Wirklich. Ich bin Ihnen deshalb verpflichtet, verstehen Sie mich bitte nicht falsch.«

»Dann erzählen Sie mir was von der Autopsie.«

Er wollte sich wieder aufregen, doch dann seufzte er. Für den Augenblick war er geschlagen. »Wir versuchen, die Angehörigen der Frau zu finden. Erst wenn wir niemanden finden, können wir von uns aus die Autopsie anordnen.«

John sagte: »Was ist mit der Mutter des Mädchens?«

Brennan schüttelte den Kopf. »Ich hab die Universitätsklinik angerufen, bevor ich raufkam. Die alte Ferris ist aus dem Rennen.«

»Wer?« sagte ich.

»Die Mutter«, sagte Brennan. »Renata Ferris, sie war neunundfünfzig. Sie ist heute morgen um vier Uhr gestorben.«

7

Johns Schwester Lori lebte mit ihrem Mann und ihrem neugeborenen Kind im Erdgeschoß eines älteren, etwas heruntergekommenen Zweifamilienhauses in East Hill, nur ein paar Blocks von meinem Wohnwagen entfernt.

Auf Johns Klopfen rief jemand »Herein«, und wir traten ein und sahen Lori mit aufgeknöpfter Bluse auf der Couch im Wohnzimmer. Sie hielt ihr Baby an eine wunderschöne, größtenteils entblößte Brust. Sie entschuldigte sich, weil sie nicht aufstehen konnte. Lori war eine hübsche, gut gebaute, kleine Frau mit langem, braunem Haar mit einem rötlichen Stich und einer hellen, teilweise mit Sommersprossen bedeckten Haut. Ihre Brüste waren, nach der einen zu urteilen, die ich sah, wie helles Elfenbein; ich werde mich nie daran gewöhnen, eine schöne Frau völlig unbeteiligt beim Stillen zu beobachten, und das liegt nicht nur daran, daß ich ein Flaschenkind war.

Lori und John hatten eine Menge zu bereden, deshalb

hielt ich mich in der ersten halben Stunde zurück. Sie hatten sich nicht mehr gesehen, seit er direkt nach dem Tod seiner Mutter zu einem Einsatz nach Vietnam abkommandiert worden war. John verriet nicht viel über seine Aufgaben in Übersee, aber er äußerte einige verbitterte Worte über Kalifornien und die Frau, mit der er dort zusammengewesen war. Lori erzählte, daß ihr Mann Frank nicht mehr in seiner Rockgruppe spielte, sondern an vier Abenden in der Woche mit einer Countryband in einem Lokal im Ort auftrat und auf diese Weise sein Gehalt als Angestellter einer Schnapsfirma aufbesserte. Sie wollte zu Hause bleiben und ihren Sohn Jeff betreuen und hoffte, nicht wieder als Sekretärin arbeiten zu müssen.

Schließlich sagte ich: »Lori, ich hoffe, es macht Ihnen nichts aus, wenn ich unterbreche.«

Sie warf mir einen heißen Blick zu, eigentlich eine ungehörige Sache bei einer stillenden Mutter (ich war da allerdings anderer Meinung), und sagte: »Nein, überhaupt nicht, Mal.«

John sagte mir heute morgen, Sie hätten mal ein Mädchen namens Janet Ferris gekannt.«

Lori nickte. »Ich kenne sie immer noch. Ich meine, wir sind nicht eng befreundet, aber ich kenne sie.«

John und ich wechselten einen Blick.

»Sie heißt übrigens nicht mehr Ferris«, fuhr sie fort. »Sie hat geheiratet; Phil Taber hieß der Mann. Sie haben sich wieder getrennt, aber sie benutzt noch seinen Namen.«

»Haben Sie sie in der letzten Zeit mal gesehen?«

»Ja, sicher. Letzte Woche erst. Sie ist vor einigen Monaten wieder nach Port City gezogen.«

John sagte: »Sag's ihr lieber, Mal.«

Lori legte das Baby an die andere Brust. »Was sollen Sie mir sagen?«

»Janet Taber kam in der letzten Nacht ums Leben.«
»O Gott! Aber . . . wie denn? Was ist passiert?«
John sagte: »Es war ein Autounfall.«
»Ein Unfall?«
»So sah es aus«, sagte ich. »Aber ich glaube, daß es auch etwas anderes gewesen sein könnte.«
»Mein Gott«, sagte Lori. »Und das nach allem, was sie durchgemacht hat.« Sie schüttelte den Kopf. »Ich frage mich, was nun aus ihrem Jungen wird. Dieser nichtsnutzige Mann, den sie hatte, wird sich bestimmt nicht um ihn kümmern. Sie müssen wissen, daß das Kind sehr, sehr krank ist.«
»Wie schlimm ist es?«
»Es mußte am Herzen operiert werden.«
John sagte: »Der Unfall sah danach aus, als wäre Janet betrunken gefahren und am Colorado Hill den Abhang hinuntergestürzt.«
»Ach, Blödsinn«, sagte Lori. »Janet wurde von Alkohol immer übel – sie konnte das Zeug einfach nicht vertragen. Ich hab ab und zu gesehen, daß sie einen Joint geraucht hat, aber Schnaps? Auf keinen Fall.«
»Tja«, sagte ich.
Lori nahm ihr Kind von der Brust und stand auf. »Entschuldigt mich einen Augenblick.« Einige Minuten später, nachdem sie das Kind in der Wiege untergebracht hatte, kam sie, ihre weiße Bluse zuknöpfend, zurück.
»Warum interessieren Sie sich für Janet, Mal?« sagte Lori traurig, als sie wieder auf der Couch saß. »Ich wußte gar nicht, daß Janet und ich in Ihnen einen gemeinsamen Freund hatten. Sie hat Sie nie erwähnt.«
Ich erzählte ihr meine Geschichte. Ich hatte meine Erlebnisse im Busbahnhof inzwischen so oft geschildert, daß ich das Gefühl hatte, in mir spulte eine Bandaufnahme ab. Lori beugte sich vor und hörte gespannt zu. Ihre intelligenten braunen Augen funkelten. Als ich

fertig war, sagte sie kopfschüttelnd: »Mann, da haben Sie ja was erlebt.«

»Und«, ergänzte ich, »da ich über Thanksgiving frei habe . . .«

»Erwähnen Sie bloß nicht Thanksgiving«, sagte sie. »Ich hab den ganzen Morgen mit einem Truthahn gekämpft. Ich werde froh sein, wenn der morgige Feiertag vorbei ist. John und Brennan wollen kommen, und . . .«

John unterbrach sie. »Mal wollte nicht über seine Ferienpläne sprechen, Lori. Diese Sache mit Janet Taber beschäftigt ihn wirklich, und er möchte etwas unternehmen.«

»Das einzige, was man da unternehmen kann«, sagte Lori, »ist, Brennan einzuweihen. Klar, er ist ein rechter Vogel, aber Port City ist sowieso voll im Griff der Republikaner. Brennan ist ein guter Sheriff – lassen Sie sich nicht durch sein autoritäres Gehabe täuschen.«

»Ich habe gerade mit Brennan gesprochen«, sagte ich. »Und ich habe dabei das Gefühl bekommen, daß er die Sache nicht sehr ernst nimmt.«

»Warum denn nicht?«

»Vielleicht, weil ich drinhänge. Ich weiß es nicht genau.«

»Und was wollen Sie jetzt tun? Cop spielen?«

»Ich war wirklich mal Cop.«

Lori verzog das Gesicht. »Ja, Sie sind in einem kalifornischen Gegenstück zu Port City mit einem Streifenwagen herumgefahren – wie lange haben Sie das gemacht, bevor Sie wieder kündigten? Anderthalb Monate? Enorm.«

»Lori«, sagte John.

»Hören Sie, Mal«, sagte sie, »ich kann Sie gut leiden, aber ich halte nichts davon, jemand zu helfen, der die Absicht hat, das Gesetz in die eigenen Hände zu nehmen. Ich war früher auch mal radikal, aber jetzt hab ich mich niedergelassen und bin Ehefrau und Mutter, und ich arbeite *im* System, statt es überwinden zu wollen.«

»Hör nicht auf sie«, sagte John zu mir gewandt. »Sie war jahrelang schizophren. Sie versuchte gleichzeitig, eine linke, liberale Kriegsgegnerin zu sein, während sie auf der anderen Seite unseren erzkonservativen Stiefvater unterstützte.«

»Lori«, sagte ich, »ich will nur etwas herumschnüffeln und versuchen, einige Dinge herauszufinden. Ist denn daran etwas falsch?«

Ihr Gesicht erstarrte zu einem unentschlossenen, halben Lächeln. Sie lehnte sich zurück und dachte eine Weile nach. John versuchte, sie zu überreden, aber ich winkte ab.

Schließlich seufzte sie und spuckte alles aus, was sie über Janet Ferris-Taber wußte.

»Vor fünf Jahren«, begann sie, »als ich noch auf dem Community College studierte, bekam ich diesen Ferienjob, bei dem ich gleich das Gefühl hatte, er würde sich nicht nur in finanzieller Hinsicht als Glückstreffer erweisen. Ich war Vollzeitsekretärin bei Richard Normans Wahlmannschaft; er hatte sich für einen Sitz im Senat beworben.«

»Norman, sagen Sie?«

»Ja. Norman, unser eingeborener Wunderknabe.«

Richard Norman war der Sohn des exzentrischen Millionärs Sy Norman, dessen Familie in Port City lebte. Richard hatte das College mit Auszeichnung abgeschlossen und führte auch in der juristischen Fakultät der Hochschule die Bestenliste an. Sein nächster Erfolg war es, als jüngster Mann in der Geschichte des Staates in die Legislative aufzusteigen. Er vertrat seinen Distrikt (in dem natürlich seine Heimstadt Port City lag) zehn Jahre sehr gut, um dann seinen Wahlkampf für den Sessel in Washington zu beginnen.

»Ich brannte darauf, ihm zu helfen«, sagte sie. »Auf dem College war ich Vizepräsidentin der Young Democrates gewesen, und Norman war Republikaner, aber er war liberal und so weit links, wie man es in diesem Staat eben noch sein konnte. Ich ließ mich also mit meinem ganzen Idealismus darauf ein.

Die zweite Vollzeitsekretärin beim Wahlkampfteam war Janet Ferris, eine junge Studentin in meinem Alter, die in Des Moines aufs Drake ging. Sie hatte schon vorher nebenbei in Normans Büro im Capitol Building gearbeitet. Norman hatte Janet von Des Moines nach Port City geholt, weil er von hier aus seine Kampagne starten wollte. Wir freundeten uns an, wir arbeiteten eng zusammen, und wir schätzten Norman gleich ein. Janet sprach immer voller Begeisterung vom kommenden Senator, und die Sommermonate vergingen wie im Fluge.

Wenn ich so zurückblicke, dann muß ich wohl sagen, daß wir uns wie Schulmädchen benommen haben, obwohl wir Studentinnen waren. Kichernde Mädchen, die sich mit ihrer Aufgabe wichtig tun – Sie wissen schon, die Welt verändern und so weiter. Als wir uns im letzten Monat trafen, kurz nachdem ich erfahren hatte, daß sie wieder in der Stadt war, entstand eine seltsame Atmosphäre zwischen uns. Ich meine, wir waren Freunde, deren Beziehung sich auf etwas Vergangenes gründete, und alles, was sie in der Zwischenzeit erlebt hatte, war sehr deprimierend gewesen. Wir sprachen kaum über jenen Sommer, in dem wir für Norman arbeiteten. Manchmal frage ich mich, wie Janet es wohl aufgenommen hat, als sie erfuhr, daß Norman durchfiel.«

»Norman«, sagte ich.

»Was ist denn aus ihm geworden?« fragte John.

»Norman ist tot«, sagte ich. »Soweit ich mich erinnere, kam er mit seiner ganzen Familie bei einem Unfall ums Leben.«

Lori nickte. »Eine traurige Sache. Er wollte gerade einen neuen Anlauf nehmen, und die Meinungsumfragen waren günstig für ihn.«

»Er ist tot?« sagte John.

»Ja«, sagte Lori. »Es war ein Autounfall, so ungefähr vor zwei oder drei Jahren. Er und seine Frau und seine kleine Tochter. Moment mal, das ist ja komisch . . . das fällt mir jetzt erst auf.«

»Was denn?« sagte John.

»Der Unfall war . . .« sie hielt inne. »Ja, wirklich, er war . . .«

»Draußen am Colorado Hill«, sagte ich.

8

Ich zog mit der freien Hand die Tür meines Rambler auf, während ich mit der anderen versuchte, das schwankende Papptablett im Gleichgewicht zu halten, auf dem ein dicker, weißer Papierbeutel und zwei Pappbecher mit Deckeln herumrutschten. Als ich John das Tablett in den Wagen reichte, damit er auch eine Weile jonglieren konnte, wunderte ich mich, wie elegant und sicher er es auf dem Sitz zwischen uns abstellte. Er zog seinen Anteil, zwei Hamburger und eine kleine Tüte mit Pommes frites, aus dem Papierbeutel, dann bediente ich mich auf die gleiche Weise.

Mein Rambler war einer von zahlreichen Wagen, die

sich jetzt zur Mittagszeit auf Sandy's Parkplatz drängten und vorübergehend in Eßzimmer umgewandelt wurden.

»Mal«, sagte John, während er den ersten Hamburger auspackte, »diese beiden Unfälle am Colorado Hill . . .«

»Ja?«

»Du solltest nicht ganz außer acht lassen, daß es ein Zufall sein könnte. Es vergeht kaum ein Jahr, in dem da draußen nicht ein schwerer Unfall passiert.«

Ich nickte.

Eine Minute verstrich, in der nur das Geräusch kauender Münder im Wagen zu hören war. In der Pause vor dem zweiten Hamburger sagte John: »Mal?«

»Ja?«

»Willst du heute weiter herumschnüffeln?«

»Ja, das hatte ich vor.«

»Tja, äh . . .«

»Was denn?«

»Könntest du mich irgendwo absetzen?«

»Klar. Irgendwo oder an einer bestimmten Stelle?«

»Bei Suzie Blanchard. Das ist drüben auf der Spring.«

»Suzie Blanchard? Manche Dinge verändern sich nie. Ist sie nicht verheiratet?«

»Geschieden.«

»Erwartet sie dich?«

»Nein. Ich will sie überraschen.«

»Na, die wird sich freuen. Ich wußte gar nicht, daß ihr in Verbindung geblieben seid.«

»Erst seit ein paar Monaten – wir haben uns öfter geschrieben.«

»Ach so. Meinst du, sie ist zu Hause? Hat sie keinen Job?«

»Nein, sie hat ein Kind. Ein Andenken an ihre Ehe.«

»Oh. Ja. Du willst sicher mit ihr allein sein, was?«

»Ja.«

Ich machte mich über meine Pommes frites her.

John sagte: »Und was machst du heute nachmittag?«

»Ich dachte, ich fahr mal zum College rüber und besuche Jack Masters. Ich glaube, wenn mir überhaupt jemand in der Stadt etwas über den schwarzen Typ vom Busbahnhof sagen kann, dann ist es Jack.«

»Keine schlechte Idee. Mal. – Mal?«

»Ja?«

»Es macht dir doch nichts aus, wenn ich eine Weile von der Bildfläche verschwinde?«

»Nein, schon gut.«

»Ich komm heute abend um acht mal bei dir vorbei, ja? Ich will wissen, was du herausgefunden hast.«

»Klar. Und wenn du irgendwo hängenbleibst, dann kannst du anrufen. Ich spiele dann den Taxifahrer.«

»Macht es dir auch wirklich nichts aus?«

»Überhaupt nicht. Es ist ja mein Problem, nicht deines.«

»Vielleicht kann ich dir später noch helfen.«

»Bestimmt. Wenn ich hinter der ganzen Sache eine umfassende kommunistische Verschwörung entdecke, muß ich sowieso die Marines einschalten.«

Er grinste. »Die Army, meinst du. Bring das nicht durcheinander.«

Ich erwiderte sein Grinsen und begann, das Papier von meinem zweiten Hamburger zu pellen. »Suzie Blanchard, also.«

»Von Pommes frites allein kann man nicht leben«, sagte John, während er sich eine Ladung in den Mund schob.

Rechts den Gang hinunter und auf der linken Seite lag das Büro des College, und hinter der Glaswand des Vorraumes sah ich abgedeckte Schreibmaschinen, aufgeräumte Schreibtische und keinen einzigen Angestellten.

In einem weiter hinten liegenden Büro, dessen Tür offen stand, entdeckte ich Jack Masters, der gerade telefonierte. Es war der Tag vor Thanksgiving, und die Mitarbeiter des Community Colleges hatten frei.

Ich setzte mich vor Jacks Büro an einen freien Schreibtisch und beobachtete ihn dabei, wie er telefonisch den Direktor zur Schnecke machte.

Die Szene erinnerte mich an den Tag, als unser konservativer, angegrauter Dekan ein paar Typen von der Schulaufsicht in Jacks Büro führte. Jack trug ein T-Shirt von Hamm's Beer, hatte die Füße auf den Schreibtisch gelegt und paffte eine Zigarre. Der Dekan ließ das bißchen Dampf ab, das er nach vielen ähnlichen Konfrontationen mit Jack noch hatte, während die Typen von der Schulaufsicht schwiegen; sie spürten die Beziehung, die Jack zu den beiden jungen Männern aufgebaut hatte, die er gerade beriet.

Jack ist ein Meter siebzig groß und fast genauso breit, aber er wirkt nicht dick. Er ist stämmig und er hat eine Wampe, aber er ist nicht dick. Sein Alter ist schwer zu schätzen; er könnte vierzig oder auch fünfzig Jahre alt sein. Er sieht eher aus wie ein Lastwagenfahrer, und ganz und gar nicht wie der Vorsitzende des Zulassungsausschusses. Und er ist schwarz.

Jack war schwarz und engagiert, und er ließ sich von seinen Brötchengebern nichts gefallen. Er hielt sich nicht an ungeschriebene Regeln, er war liberal, und er sorgte dafür, daß Schwarze und andere Minderheiten, sehr zum Mißvergnügen des Lehrkörpers, in einem gerechten Verhältnis an der Schule vertreten waren. Ich erinnerte mich an die Sache mit der Frau, mit der er zusammenlebte – eine Weiße. Sie wohnte in der Innenstadt über einer der vielen Kneipen Port Citys, und man ließ Jack inoffiziell wissen, daß der Leiter des Zulassungsausschusses sich nicht mit »so einer« abgeben sollte. (»So eine« hieß in diesem Fall wohl »eine Weiße«.) Jack sagte darauf, »na schön, dann heirate ich das Mädchen, dann ist die Sache legal«. Damit war die Kritik am Liebesleben des Vorsitzenden des Zulassungsausschusses erledigt.

Er legte auf, bemerkte mich und winkte mich herein.

»Hast du einen Augenblick Zeit, Jack?«

»Klar, Mallory, klar.« Er bot mir den Besucherstuhl vor seinem Schreibtisch an. Er trug nicht sein T-Shirt mit der Bierreklame, sondern ein nicht mehr ganz sauberes, weißes Hemd.

Ich setzte mich. »Hast du's dem Direktor gegeben?«

»Klar.« Er bot mir eine Zigarette an, die ich ablehnte. »Im Kleinen wie im Großen. Er meint zum Beispiel, die Agrarwissenschaftler sollten von den Geisteswissenschaften befreit werden, aber ich denke, sie brauchen einen richtigen Geschichtskurs und keine Zusammenfassung über die Entwicklungsgeschichte des Pfluges, und einen Literaturkurs und nicht nur eine Anleitung: ›Wie lese ich die Betriebsanleitung eines Mähdreschers.‹ Und dann ist da noch ein schwarzer Junge aus Moline, den er rausschmeißen will, weil er ›Armleuchter‹ zu seinem Turnlehrer gesagt hätte.«

Ich lachte. »Das war doch noch sehr zurückhaltend.«

Er schüttelte lächelnd den Kopf und klatschte mit einer Hand auf den Schreibtisch. »Tja, was kann ich für dich tun, Mallory? Du brauchst doch wohl keine Studienberatung, oder?«

»Ich brauche Informationen. Und es hat nichts mit der Schule zu tun.«

»Was ist denn los?«

Mir kam es vor, als erzählte ich die Geschichte zum hunderstenmal, und ich fand sie inzwischen ausgesprochen langweilig, aber Jack beugte sich vor und hörte gespannt zu.

Als ich fertig war, lehnte er sich zurück und fragte:

»Und was jetzt? Was willst du tun? Recherchieren? Du bist kein Detektiv.«

»Das weiß ich. Ich will nichts weiter als ein paar Fragen stellen und versuchen, einige Dinge herauszufinden. Wenn ich was Konkretes finde, informiere ich Brennan.«

»Warum überläßt du es ihm nicht *gleich?*«

»Ich wußte gar nicht, daß du soviel von Brennan hältst, Jack.«

»Tu ich auch nicht. Aber wenn man das Klima in dieser Stadt berücksichtigt, ist er ein ziemlich guter Mann. Der Sheriff von Port City muß ein bißchen faul und ein bißchen korrupt sein, wenn er ein exaktes Spiegelbild seiner Stadt sein will. Aber wenn nötig, kann Brennan auch gut arbeiten.«

Ich nickte. »Und genau deshalb muß ich was Handfestes finden, etwas, das er nicht ignorieren kann, weil er sonst nicht in die Gänge kommt.«

Jack zuckte die Achseln. »Gut und schön, aber was du vorhast, gefällt mir immer noch nicht.«

»Ich will auch nicht deine Billigung. Ich will nur etwas Hilfe. Und ich glaube, du weißt schon, wie du mir helfen kannst.«

»Klar. Der große, einäugige Schwarze, mit dem du geflirtet hast.«

»Kennst du ihn?«

»Vielleicht. Ich will sogar so weit gehen und sagen, wahrscheinlich. Immerhin gibt es in dieser Gegend nicht sehr viele einen Meter neunzig große Schwarze, die ein Auge verloren haben. Aber ich bin aus zwei Gründen überrascht, durch dich jetzt von ihm zu hören. Erstens, weil ich ihn seit etwa einem Jahr nicht mehr gesehen habe. Und zweitens, weil er ein anständiger Typ war – ich würde sogar fast sagen, ein Gentleman.«

»Glaub mir, er hat sich absolut nicht so benommen. Woher kennst du ihn? Und wie heißt er?«

»Er heißt Washington. Ich weiß nicht, ob das sein Vorname oder sein Nachname ist. Seine Freunde nennen ihn auch Einauge. Ich bin ihm ein paarmal in den Quad Cities begegnet, meist in Davenport, in einer der drei oder vier Kneipen, in denen Schwarze bedient werden. Oder besser, wo Schwarze und Weiße gleichzeitig bedient werden.«

»Besuchst du diese Kneipen noch?«

»Ab und zu. Seit die mich vom Soziologieprofessor zum Schreibtischtäter befördert haben, bleibt mir nicht mehr viel Freizeit. Einmal im Monat oder so mache ich in den Kneipen eine Runde, aber ich hab Washington seit mindestens einem Jahr nicht mehr gesehen.«

»Trotzdem, es scheint derselbe Typ zu sein.«

»Wahrscheinlich ist er es auch. Aber wenn er aus den Cities woanders hingezogen ist, dann bestimmt nicht nach Port City, denn dann müßten wir zwei es wissen. Er ist ja kein Typ, den man leicht übersieht.«

»Fällt dir noch etwas über ihn ein?«

»Ja, er hat eine Schwester. Ich meine keine schwarze Frau, die ein schwarzer Mann als Schwester bezeichnet, sondern eine leibliche Schwester. Sie heißt Rita. Sie ist sehr nett.«

»Ach, wirklich?«

»Ja. Hübsch, jünger als ihr Bruder. So um die fünfundzwanzig. Ich hab sie ein paarmal gesehen.«

»Vor kurzem?«

»Ja, das letzte Mal, als ich oben war. Sie lebt noch dort.«

»Vielleicht kann ich sie aufspüren und über sie Washington finden.«

»Vielleicht.«

»Wie hat er sein Auge verloren? Hat er das mal erzählt?«

»Das war bei einem Bandenkrieg, als er noch ein

Halbwüchsiger war. Er stammt aus der South Side von Chicago.«

»Ich dachte, er wäre ein Gentleman.«

»Soweit ich weiß, ist er das auch. Immer nett zu Frauen. Ein paarmal hab ich auch gesehen, wie er Kämpfen aus dem Weg ging. Du weißt ja, so ein kräftiger Typ wird immer wieder herausgefordert, aber er hat es ignoriert.«

»Wovon lebt er?«

»Keine Ahnung. Er zieht sich gut an, aber die meisten Brüder – alle außer mir jedenfalls – werfen sich gern in Schale.« Er zog ein Blatt aus der Schreibtischschublade und kritzelte einige Zeilen darauf. »Hier sind die Namen und Anschriften einiger Clubs, in denen du vielleicht seine Schwester treffen kannst. Aber, Mallory . . .«

»Ja, Jack?«

»Paß auf deinen blütenweißen Arsch auf.«

Ich grinste. »Immer.«

Er lehnte sich wieder zurück und drückte seine Zigarette im Aschenbecher aus. »Weißt du . . . wenn ich du wäre, würde ich was Gesünderes versuchen.«

»Was denn?«

»Nimm dir diese Norman vor. Beide – den Alten und den Sohn. Bevor du weitergehst, solltest du herausfinden, ob diese Unfälle am Colorado Hill Zufälle waren oder nicht.«

»Ja, das sollte ich wohl tun.«

»Es wird bestimmt ein Spaß, wenn du über den Alten recherchierst. Simon Harrison Norman. Mann, das ist ein Typ.«

»Oh?«

»Na klar. Weißt du denn gar nicht, wie er sein Vermögen verdient hat?«

»Irgendwas mit Wunderpillen, glaube ich.«

»Allerdings! Das ist eines der wenigen Dinge, für die

Port City berühmt wurde. In den dreißiger Jahren war Sy Norman der führende Quacksalber des Landes. Er behauptete, Krebs heilen zu können und verkaufte als Heilmittel Mineralwasser in kleinen Flaschen. Damit hat er sich eine goldene Nase verdient. Angeblich ist er stiller Teilhaber der fünf größten Fabriken in der Stadt. Das kannst du alles nachschlagen. Selbst wenn sonst nichts dabei herauskommt, ist es eine interessante Lektüre.«

9

Ich war über das Objektiv des Mikrofilmlesers der Stadtbücherei gebeugt und drehte langsam an der Kurbel, um die Ausgaben des *Port City Journal* Tag um Tag durch mein Gesichtsfeld zu rollen. Ich hatte mit dem Januar vor drei Jahren begonnen. Die erste Rolle hatte bis in den April gereicht, und jetzt hatte ich die zweite eingelegt und nahm mir den Mai vor. Mir war schon schwindlig von den langsam vorbeiziehenden Zeitungsseiten, aber plötzlich schreckte mich eine große Schlagzeile auf: SENATOR NORMAN BEI AUTOUNFALL GESTORBEN. Darüber war in einer kleineren Zeile zu lesen: FRAU UND KIND IN LEBENSGEFAHR.

Der einspaltige Artikel am rechten Rand der ersten Seite wurde durch ein Foto von Norman, seiner Frau und der Tochter ergänzt. Auf der anderen Seite war eine große Aufnahme der Klippe am Colorado Hill zu sehen, wo Norman abgestürzt war. Das Bild zeigte Sheriff Brennan, der den Abhang hinunterschaute. Er sah fast so aus wie in der letzten Nacht, als ich mit John zu ihm gefahren war.

Aus dem Bericht des *Journal* erfuhr ich, daß die Normans nach einem Besuch bei Freunden in Davenport auf dem Heimweg gewesen waren. Es wäre eine besonders dunkle Nacht und außerdem Neumond gewesen, so daß der Senator anscheinend die Kurve am Colorado Hill »unterschätzt«hätte. Der Senator wäre nicht mit überhöhter Geschwindigkeit gefahren, und er hätte nicht unter Alkoholeinwirkung gestanden. Diese letzte negative Feststellung warf genau die Fragen auf, die sie wohl unterdrücken sollte.

Ich rollte die Seite des folgenden Tages in den Betrachter: Berichte über den Tod von Normans Frau und die Todesanzeigen des Ehepaars. Als ehemaliger Zeitungsmann wußte ich, daß der Abdruck eines Nachrufs auf der ersten Seite die höchste Ehrung ist, die eine Zeitung einem Verstorbenen zuteil werden lassen kann. Normans Nachruf konnte ich nichts entnehmen, was ich nicht schon von Johns Schwester Lori erfahren hatte. Ich kurbelte weiter. Zwei *Journals* später entdeckte ich einen Artikel über den Tod der kleinen Tochter. Ihr Nachruf war der kürzeste und traurigste.

Ich stand auf und ging zum Informationstisch, an dem Brenda Halwin saß. Brenda ist eine gut gebaute, hübsche Blondine, die das College ein Jahr vor mir abschloß, obwohl sie vier Jahre jünger ist als ich. Ihr Anblick und ihre Gesellschaft konnten mich fast in jeder Situation aufmuntern, und ich hoffte, der heutige Tage würde keine Ausnahme bilden.

»Fertig?« fragte Brenda.

»Ich bin nicht sicher. Für den Augenblick vielleicht. Wie weit reichen die Mikrofilme des *Journal* zurück?« Die ältesten Ausgaben, von denen ich wußte, waren aus den frühen vierziger Jahren.

»Ziemlich weit. So um die siebzig Jahre, glaube ich.«

Ich dachte daran, Brenda zu fragen, ob sie am Abend

schon etwas vorhätte. Ich dachte an die Nacht vor etwa zwei Wochen, als Brenda bei mir gewesen war. Ich dachte an eine andere Blondine, fast genauso hübsch, aber mit schwarzen Haarwurzeln, die nicht mehr lebte.

Ich sagte: »Ich glaube, du mußt mir die Ausgaben der dreißiger Jahre heraussuchen, Brenda.«

Sie hatte mich nicht aufgeheitert. Es lag an mir; irgendwie hatte ich es nicht gewollt.

Brenda gab mir den Januar 1930, und eine halbe Stunde später hatte ich den Januar 1931 im Leser und immer noch nicht den Namen Simon Harrison Norman entdeckt.

»Na, lesen Sie wieder die alten Comicstrips, Mr. Mallory?«

Ich hob den Kopf. Es war Miss Simmons, eine ältere, attraktive Dame, die, so weit ich mich zurückerinnern konnte, die Bücherei geleitet hatte. Sie war ein »altes Mädchen« von der Sorte, bei der es einem schwerfällt zu verstehen, wie es so weit kommen konnte; in Miss Simmons Fall, so lauteten die Gerüchte, lag es daran, daß ihre einzige wahre Liebe im Großen Krieg gestorben wäre. Welcher Krieg auch immer das gewesen sein mochte.

»Offengestanden, Miss Simmons«, sagte ich, »versuche ich eher, die Comics zu übersehen, wenn ich sie und die alten Filmwerbungen auch äußerst verlockend finde. Ich habe etwas Ernsteres im Auge.«

»Was denn, Mr. Mallory?«

»Man könnte sagen, eine Art städtischen Einsiedler. Einen reichen Einsiedler. Simon Norman.«

»Ah, Mr. Norman.« Sie setzte ein kleines, geheimnisvolles Lächeln auf – ein Lächeln wie aus einem Horrorroman – und sagte: »Ja, das ist schon einer, unser Mr. Norman. Aber im *Port City Journal* werden Sie nicht viel über ihn finden.«

»Oh?«

»Abgesehen von einigen bissigen Glossen, meine ich.«

»Warum nicht mehr?«

»Mr. Norman war die Konkurrenz. Er war Herausgeber und Redakteur seiner *eigenen* Tageszeitung, des *Midwest Clarion*, der dem *Journal* eine Zeitlang sehr zusetzte. Das *Journal* hatte natürlich Besseres zu tun als Mr. Norman zu erwähnen.«

»So ist das«, sagte ich. Ich blickte zum Mikrofilmleser und zu dem Karton mit den Spulen. »Das stellt mich vor ein neues Problem.«

»Ja, leider. Und Mr. Norman hat bereits vor langer Zeit eine starke Abneigung gegen jede Art von Publicity entwickelt, so daß es aus der letzten Zeit kaum Meldungen über ihn gibt. Sie könnten vielleicht im *Reader's Guide* nachschlagen, ob er in überregionalen Blättern erwähnt wurde, aber unsere Sammlung hat in den dreißiger Jahren große Lücken.«

»Sie haben nicht zufällig auch Mikrofilme vom *Clarion?«*

»Nein. Es sind keine Ausgaben erhalten geblieben.«

»Und in den letzten Jahren hat es nichts über ihn gegeben? Was ist mit dem Wahlkampf seines Sohnes?«

»Nun, es gab einige Versuche, den jungen Norman anzuschwärzen, indem man die Missetaten seines Vaters ausgrub. Aber solche Berichte sind kaum objektiv. Außerdem unterstützten die meisten Blätter des Landes – auch das *Journal* und das *Register* – den jungen Norman und lehnten es ab, Reden abzudrucken, in denen solche Versuche gemacht wurden.«

»Tja, dann . . .«

»Sie scheinen enttäuscht, Mr. Mallory – enttäuschter, als man es für möglich halten würde, wenn beim Verfassen einer historischen Abhandlung eine Verzögerung eintritt.«

»Ich arbeite nicht an einer historischen Abhandlung. Es ist etwas viel Wichtigeres.«

Sie dachte einen Augenblick nach, dann sagte sie: »Ich glaube, ich kann Ihnen helfen.« Sie wandte sich um und verschwand in ihrem Büro.

Fünf Minuten später, ich hatte unterdessen mit Brenda geflirtet, kam Miss Simmons wieder heraus, warf ihrer Angestellten einen scharfen, aber gespielt mißbilligenden Blick zu und gab mir ein kleines, quadratisches Heft. Die richtige Stelle war mit einem weißen Papierschnitzel markiert.

»Wenn Sie sich einen Augenblick von Miss Halwin losreißen und Ihren Forschergeist wieder entfachen könnten«, sagte Miss Simmons, »dann könnte sich dieses Heft als lohnendes Objekt erweisen.«

Sie hatte recht.

10

Das Heft war das *Periodical of Iowa History*. Es war vier Jahre alt, und unter der Überschrift ›Port Citys millionenschwerer Krebs-Quacksalber‹ konnte ich folgendes lesen:

> *Port City hatte während seiner hundertfünfzigjährigen Geschichte mehr als nur eine umstrittene Figur.*
>
> *Ein Einwohner dieser Stadt war allerdings nicht nur in der Region, sondern im ganzen Land umstritten: Simon Harrison Norman, auch ›Doc Sy‹ genannt, Inhaber einer ›Krebsklinik‹ in Port City. Norman lebt bis auf den heutigen Tag in dieser Stadt in einer selbstgewählten Isolation, die in starkem Kontrast zu seinen Tagen als*

schillernde Halbweltfigur steht. Damals durchstreifte er den Staat Iowa mit seinem Purpurnen Cadillac, bekleidet mit einem gleichfarbigen Hemd.

›Doc Sy‹ war natürlich kein Arzt . . . er hatte es in der Schule nicht einmal bis zur achten Klasse gebracht. Aber der Mangel an höherer Bildung war für Simon Harrison Norman kein Hindernis.

Die Heilung von Krebs

Durch geschickte und skrupellose Manipulation der Massenmedien zog Norman zu Beginn der dreißiger Jahre Tausende verzweifelter Menschen nach Port City, Menschen, die durch seinen Slogan ›Wir heilen Krebs‹ angelockt wurden.

Er gab eine eigene Zeitschrift mit Namen DWS (»Die Wahrheit Siegt«) heraus und betrieb in Port City den Rundfunksender KDWS. In der Zeitschrift war zu lesen, daß »Dr. Norman den wissenschaftlichen Beweis erbracht hat, daß jede Art von Krebs, selbst die sogenannten ›unheilbaren Fälle‹, geheilt werden kann.« Zu seinen Versammlungen unter freiem Himmel kamen bis zu 40 000 Menschen – das Fünffache der damaligen Einwohnerzahl Port Citys –, die den Showmaster Norman, einen ehemaligen Varietéhypnotiseur, bei seinen Wundertaten beobachten wollten.

Sein purpurner Cadillac und das purpurfarbene Hemd wurden Normans Markenzeichen auf seinen Reisen durch Städte in Iowa, Illinois, Nebraska und Wisconsin.

Dieser Unternehmungsgeist brachte ihm ein Vermögen ein. Bereits 1932 warf die ›Klinik‹ einen Monatsgewinn von 50 000 Dollar ab, und Norman prahlte damit, daß er mit ›persönlichen Beratungen‹ durchschnittlich nochmals 30 000 Dollar in der Woche verdiente. Norman kümmerte sich nicht darum, daß dieses Geld von verzweifelten, von der Depression geschlagenen Familien stammte. Als er im Jahre 1934 von einem Reporter des ›Register‹ *aus Des Moines gefragt wurde, wie er es vor seinem Gewissen verantworten könnte, ohnehin schon notleidende Familien auszubeuten, sagte Doc Sy: »In der Norman Clinic gibt es keine ›Opfer‹. Es gibt nur geheilte, gesunde Patienten, die bereit sind, ein neues Leben zu beginnen – ein Leben, das meine Mitarbeiter und ich ihnen geschenkt haben.«*

Norman »verschenkte« nichts. Jahre später erklärte ein damals fünfzehnjähriger Junge, er hätte Norman 100 Dollar pro Woche für die ›Behandlung‹ seines Vaters gezahlt; vergleichbare Sätze in einem gut geführten, von Ärzten betriebenen Krankenhaus lagen bei etwa 30 Dollar pro Woche. Der Vater starb natürlich trotz Normans Behandlungen und Injektionen. Ein Mann, den Norman in einer Radiosendung als »lebenden Beweis unserer wunderbaren Heilmethoden« vorstellte, starb innerhalb eines Monats nach der Sendung. Später sagte die Frau des Mannes, die Familie hätte gegen den Rat ihres Hausarztes, der den Patienten aufgegeben hatte, 300 Dollar für die Behandlung bezahlt.

Eine Fotogeschichte im DWS berichtete über »Zehn neue Menschen« – ›geheilte‹ Patienten Normans. Zwei dieser zehn erlebten nicht einmal mehr den Andruck des Artikels.

Ein Sprecher der American Medical Association sagte: »Von allen herzlosen Schwindlern, die die Toten und Todgeweihte ausplündern, ist Simon Norman der schlimmste – er ist der König der Quacksalber.« Norman nahm es als Kompliment und hängte ein Schild über die Eingangstür seiner Klinik: »Ärzte quaken, Quacksalber heilen.«

Norman hütete ängstlich das Geheimnis seines ›Wundermittels‹. Einmal sagte er: »Ein bekannter Arzt entwickelte es kurz vor seinem Tod für mich.« Ein anderes Mal hieß es: »Ein Himalayareisender überließ mir kurz vor seinem frühen Tod das Rezept.« (Norman konnte anscheinend keinen seiner beiden Wohltäter heilen.) Die Chemiker jener Tage konnten allerdings das Geheimnis ohne Schwierigkeiten lüften: Ein Gebräu, das Norman verkaufte, bestand aus gleichen Teilen Alkohol und Glyzerin mit einem Spritzer Pfefferminzöl; ein zweiter Trank war nichts anderes als Erdöl, und ein dritter Sirup aus rotem Klee, den man Anfang der dreißiger Jahre für 2 Dollar pro Gallone überall kaufen konnte. Gewöhnlicher Gesichtspuder diente als ›äußerlich anzuwendendes‹ Mittel für die Krebsbehandlung.

Norman wurde in Port City geboren, verließ jedoch in jungen Jahren die Stadt, um als schlanker, großgewachsener und gutaussehender Mann Vorteil aus seinem Äußeren zu schlagen – besonders aus seinen durchdringenden grauen Augen: Er wurde Varietéhypnotiseur. Mit Anfang Zwanzig verkaufte er bei Zirkussen, Schaustellern und auf Flußbooten, wo immer er auftrat, nebenbei selbstgebaute Musikinstrumente. Mit Ende Zwanzig war er Rundfunksprecher und pries über die magischen Radiowellen Uhren, Besen, Kaffee, Unterwäsche, Mehl, Reifen, Möbel und Silberbesteck an.

Etwa um 1929, als das Glück vieler anderer Menschen unter einem ungünstigen Stern stand, muß Norman seinen berühmten Doktor oder den Himalayareisenden getroffen haben, denn gegen Ende dieses Jahres pries er seine Krebswundermittel im Radio an. Anfang 1930 begannen die Bauarbeiten für seine Klinik, Mitte 1931 wurde sein eigener Rundfunksender eingeweiht, und Anfang 1933 besaß er eine Tageszeitung, den Midwest Clarion. *Präsident Herbert Hoover, der aus West Branch in Iowa stammte, ließ einen goldenen Schlüssel schmieden und schenkte ihn Norman, als die Druckpressen des* Clarion *anliefen.*

Der Untergang

Normans Umtriebe als König der Quacksalber dauerten nicht so lange, wie er es gerne gehabt hätte, aber immerhin hielt er ein volles Jahrzehnt durch. Um 1940, nach mehreren verlorenen Prozessen, verließ er Port City, und 1942 mußte er aufgrund eines 1941 erlassenen Urteils für vier Jahre ins Staatsgefängnis.

Die AMA und andere medizinische Vereinigungen sorgten durch den unerklärten Krieg mit Norman für dessen Untergang. Ironischerweise bekam er jedoch durch seine eigenen Erwiderungen auf die Sticheleien im AMA-Jounal mehr Schwierigkeiten als durch die Angriffe selbst: Norman verbreitete über seinen Sender KDWS derart wütende Haßtiraden, daß ihm die nationale Frequenzkommission die Sendelizenz entzog.

Ohne sein wichtigstes Sprachrohr, den Rundfunk, und durch unzählige Klagen ausgeblutet, verlegte Norman seine Klinik nach Hot Springs, Arkansas, dessen berühmtes Quellwasser er seinen ›Heilmitteln‹ zusetzte. Sein neuer Sender erhielt den Namen XDWS; er stand sicher jenseits der mexikanischen Grenze.

Doch kaum ein Jahr später – seine neue Investition begann sich gerade zu rentieren – wurde Norman von der Regierung der Vereinigten Staaten beschuldigt, die staatliche Post zu betrügerischen Zwecken mißbraucht zu haben. Ab 1942 saß er in Leavenworth.

Der reuige Sünder

1946 kehrte er nach Iowa zurück – ohne Purpurhemd und Pupurcadillac. Seitdem lebt er sehr zurückgezogen und tut anscheinend nichts weiter als herumzusitzen und die Million Dollar zu zählen, die er während seiner Regentschaft als

König der Quacksalber einsackte. Als sein Sohn seine politische Karriere begann, wurde hin und wieder über ihn berichtet; es wird behauptet, Norman sei als stiller Teilhaber einiger großer Firmen Port Citys immer noch sehr einflußreich.

Einem weiteren Gerücht zufolge soll Doc Sy während seines Aufenthaltes in Leavenworth eine gewisse Reue gezeigt haben. Es wird sogar behauptet, er sei die treibende Kraft hinter seinem bekannten und geachteten Sohn Richard, der für die Republikaner in den Senat des Staates Iowa einzog, bei der Kandidatur für den US-Senat allerdings durchfiel. Der Register *bezeichnete den jungen Norman als ›sozial sehr engagierten, zielstrebigen Staatsmann‹, was den Demokraten, die derartige Attribute als ihre Domäne betrachten, sauer aufstieß. Es ist jedoch reine Spekulation, wenn man annimmt, Doc Sys Sohn versuchte, die Missetaten seines Vaters gutzumachen, oder der Vater versuchte, über das soziale Engagement seines Sohnes eigene Fehler ungeschehen zu machen.*

Aber es ist eine Tatsache, daß Doc Sy während seiner Karriere als Quacksalberkönig einen seiner größten Fehlschläge dabei erlitt, als er erfolglos versuchte, einem amtierenden republikanischen Senator den Wahlbezirk für den US-Senat zu entreißen.

Es gibt noch eine weitere Tatsache, die sein reumütiges Verhalten erklären könnte: May Belle (Peterson) Norman, seine Frau und die Mutter des Sohnes Richard, starb 1945 . . . an Lungenkrebs.

11

Eine halbe Stunde später betrat ich das unaufgeräumte Wohnabteil meines Wohnwagens, sammelte im Vorbeigehen einige Dinge zusammen und verbrachte eine halbe Stunde damit, den Raum zu putzen – es geschah eher zur Beruhigung meiner hektischen Gedanken, als daß es eine wirkliche Säuberungsaktion gewesen wäre. Als ich mit meinem Hausputz fertig war, holte ich mir ein Pabst aus dem Kühlschrank, öffnete es und ließ mich aufs Sofa fallen. Nachdem ich die Dose geleert hatte, zielte ich mit ihr auf den Mülleimer neben dem Herd, doch als ich warf, klingelte das Telefon und störte meine Konzentration. Der Wurf ging daneben; die Dose klapperte über den Kachelboden der Küche, sprang auf den Teppich des Wohnzimmers zurück und überschlug sich einige Male, bis sie in der Mitte des Raumes liegenblieb und einen Schandfleck in meinem ansonsten sauberen Wohnzimmer bildete.

Das Telefon stand auf dem Tischchen vor der Couch. Ich beugte mich vor und nahm ab. »Ja?«

»Mal? Hier ist John.«

»Oh, hallo. Wie war's bei Suzie Blanchard?«

»Hervorragend.«

»Soweit ich mich an den Armyjargon erinnere, heißt das wohl ›gut‹.«

»Mindestens.«

»Und was liegt an? Das soll keine Anspielung sein.«

»Ich wollte wissen, ob du noch etwas über Janet Taber herausgefunden hast.«

»Ich hab in der Bücherei über den Politiker, für den Janet gearbeitet hat, und seinen Vater nachgeforscht.

Wußtest du, daß der berühmte Doc Sy, der Krebskurpfuscher, Richard Normans Vater war?«

»Ja, jetzt, wo du es sagst, fällt es mir wieder ein. Weißt du, in der letzten Zeit hört man nicht mehr viel von dem alten Knaben. Komisch.«

»Ja, komisch. Das ist so eine Sache, über die niemand in Port City gern spricht – oder höchstens hinter verschlossenen Türen. Und ich glaube, ich weiß auch, warum. Ich glaube, in den inneren Kreisen Port Citys ist der ehemalige Quacksalber immer noch sehr mächtig.«

»Wie kommst du darauf?«

»Ich bin nicht sicher; ich habe es mehr zwischen den Zeilen gelesen. Aber es sieht so aus, als wäre Simon Norman Port Citys Antwort auf Howard Hughes. Was ich aber sicher weiß, ist, daß er mit dem Elend anderer Menschen ein Vermögen verdient hat. Und wahrscheinlich hat er dieses Vermögen benutzt, um sich in einige aufblühende Firmen einzukaufen, die heute zu den größten Industriebetrieben der Stadt gehören. Ich denke da vor allem an die Futtermittelfirma, die Büromöbelfirma, die Schnapsbrennerei und die Reifenfirma – aber es könnten auch noch einige andere sein.«

»Wo ist die Verbindung zu Janet Taber?«

»Ich bin nicht sicher, ob es eine gibt.«

Ich hörte im Hintergrund jemanden sprechen, dann sagte John: »Äh, hör mal, ich bin noch bei Suzie, und, äh, ich glaube, sie will was von mir.«

»Ich kann mir gut vorstellen, was sie will. Könntest du versuchen, zwischen den Runden etwas Zeit zu erübrigen und zu Brennan fahren und ihn etwas aushorchen?«

»Ich will sehen, was ich tun kann. Ich komm heute abend zu dir.«

Ich legte den Hörer auf meine Schulter, drückte mit dem Daumen die Gabel herunter und schlug mit der anderen Hand das Telefonbuch auf. Ich suchte die

Nummer des College heraus, wählte und ließ mich mit Jack verbinden, dem ich von meinem Besuch in der Bücherei erzählen wollte.

»Du denkst doch wohl nicht daran, heute abend Washingtons Schwester Rita zu suchen, oder?« fragte Jack.

»Doch, ich hab daran gedacht.«

»Ich würde es lassen.«

»Warum? Ich bin ein großer Junge.«

»Aber nicht groß genug. Morgen ist Thanksgiving, und deshalb sind heute abend die Kneipen total überfüllt. Du weißt ja, wie es am Abend vor einem freien Tag ist. Es könnte etwas ungemütlich werden, wenn du mit deiner schneeweißen Haut in einer Kneipe auftauchst, die fast nur von Schwarzen besucht wird.«

»Ach, zum Teufel damit, Jack. Ich will was unternehmen, und zwar schnell. Ich hasse es, herumzusitzen und nichts zu tun. Ich will weiterkommen, und außer den Quad Cities und Washingtons Schwester habe ich nichts in der Hand.«

»Mach dir heute lieber einen ruhigen Abend und denke über die Sache nach. Ich sag dir was – ich werde mich heute abend etwas umhören und sehen, ob *ich* etwas über den alten Einauge und seine Schwester herausfinden kann.«

»Das mußt du aber nicht tun, Jack.«

»Ich bestehe darauf.«

»Aber . . .«

»Hör mal, das ist für mich eine ausgezeichnete Entschuldigung, um einen Kneipenbummel zu machen. Der ist schon überfällig.«

»Tja, dann vielen Dank. Ich ruf dich morgen früh wieder an.«

»Nicht ganz so früh – laß mich bitte ausschlafen.

Übrigens, was hast du über Stefan Norman herausgefunden?«

»Über wen?«

»Stefan Norman. Hast du versucht, mit ihm Verbindung aufzunehmen?«

»Ich hab noch nie von ihm gehört. Wer ist das?«

»Das ist der Neffe des alten Mannes. Der Junge seines verstorbenen Bruders.«

»Wie paßt der ins Norman-Imperium, Jack?«

»Nun, das Norman-Imperium, falls es überhaupt existiert, wird anscheinend vererbt, aber die herrschende Klasse beginnt auszusterben. Du hast wahrscheinlich heute nachmittag erfahren, daß Normans Frau in den vierziger Jahren an Krebs starb, und sein Sohn Richard ist ja tot . . . und Richard war Normans einziges Kind. Norman hat keine lebenden Brüder oder Schwestern mehr – er hatte nur einen Bruder, und dessen Sohn ist Stefan. Der Alleinerbe des Imperiums.«

»Welche Rolle spielt dieser Stefan heute in Normans Leben?«

»Er leitet seit Richards Tod eine Organisation mit Namen Norman Fund. Natürlich hatte er auch vorher schon einiges in der Hand, denn Richard war nur eine Repräsentationsfigur für den Fund; er hatte mit seiner politischen Karriere und seiner Anwaltspraxis genug zu tun.«

»Was *ist* denn nun dieser Norman Fund?«

»Das weiß ich nicht genau, aber ich hab so das Gefühl, daß, falls du es herausfinden solltest, wir zwei den alten Norman und Gott weiß wen noch alles erpressen und für den Rest unseres Lebens von den Früchten unserer Arbeit leben könnten. Ich vermute, es ist eine Art Geldwäscherei für die verschiedenen geheimen Beteiligungen Normans an den Firmen in der Stadt. Der Laden gibt sich einen gemeinnützigen Anstrich. Ich kenne nur den äußeren Rahmen, und das ist eine Verwaltungsstelle mit drei Büros im Maxwell Building unten in der Stadt.«

»Ich wünschte, das hätte ich heute nachmittag schon gewußt.«

»Ich vergesse immer, daß viele Dinge, die für mich selbstverständlich sind, weil ich sie immer wieder von Kollegen höre, für dich etwas Neues sind. Ich hätte es erwähnen sollen. Tut mir leid . . .«

»Schon gut. Aber ich muß diesen Stefan Norman sprechen. Er könnte der Mann sein, der mir alles über die Verbindung zwischen Janet Taber und den Normans erzählen kann. Das Maxwell Building, sagtest du? Glaubst du, das Büro ist noch besetzt?«

»Auf keinen Fall. Es ist nach fünf.«

»Verdammt. Lebt Stefan Norman in Port City?«

»Nein. Ich glaube, in Davenport. Wahrscheinlich kommt er jeden Tag heruntergefahren.«

»Tja, früher oder später muß ich wohl doch in die Quad Cities fahren und mit all diesen Leuten sprechen.«

»Lieber später. Ich kümmere mich um diesen Washington. Jedenfalls werde ich die erste Runde übernehmen.«

Wir legten auf, und ich lehnte mich auf der Couch zurück.

Mein nächstes bewußtes Erlebnis war, daß John hereinplatzte.

»Mein Gott«, sagte ich. »Soll ich einen Herzschlag bekommen?«

»Mach dir nichts draus«, sagte er. Er zog seine Jacke aus und setzte sich neben mich auf die Couch. Ich blickte auf die Uhr: Ich konnte mich nicht daran erinnern, aber ich mußte wohl eingeschlafen sein, denn es war fast neun Uhr abends.

Er sagte: »Ich war vorhin kurz im Gefängnis und habe, wie du es wolltest, Brennan ausgehorcht, und ich hab einige wundervolle Nachrichten für dich. Zuerst mal ist die Autopsie abgeschlossen. Janets Hals war gebrochen, und es gab einige Diskussionen darüber, ob der Bruch nicht auch von starken Händen verursacht worden sein kann, weil sie Blutergüsse hatte, aber da der Wagen sich mehrfach überschlagen hat, kann man da nicht sicher sein. Die abschließende Bewertung lautet, daß sie an den Unfallfolgen gestorben sei, aber jetzt paß auf – sie hatte keinen Alkohol im Blut!«

Irgendwie kam ein Lächeln auf meine Lippen.

»Ich hab ihn gefragt, wer die Autopsie genehmigt hätte, und er sagte, man hätte keine Angehörigen ausfindig gemacht, und deswegen hätte das Gericht dem Krankenhaus die Erlaubnis erteilt. Aber das ist Unfug.« Er wühlte einen Augenblick in seiner Hosentasche herum, bis er einen Notizzettel gefunden hatte. »Du glaubst, *du* bist der Detektiv? Ha! Dann sieh dir das mal an. Hast du schon mal in Filmen oder im Fernsehen gesehen, daß man sichtbar machen kann, was auf einem abgerissenen Blatt stand, wenn man über das untere einen Bleistift reibt?«

Ich nickte.

»Tja, oben am Telefon liegt ein Block. Und ich wollte Brennan testen, ob er uns auch die Wahrheit sagt.«

»Und?«

»Hier, das hab ich gefunden«, sagte er, indem er mir den Zettel gab.

Es war ein kleines, quadratisches Blatt, fast ganz von leichten Bleistiftstrichen bedeckt, aber in der Mitte waren in dünnen weißen Linien ganz deutlich einige Wörter zu erkennen: PHILLIP TABER, PORT CITY COURT ZIMMER 7.

12

Das Port City Court, ein flach gebautes, langgestrecktes und mit braunen Schindeln gedecktes Motel, lag direkt am Highway. Die Kühler der geparkten Wagen standen dicht vor den Zimmertüren, die Hecks waren nur Zentimeter vom schnell fließenden Verkehr auf dem Highway entfernt. Alle Boxen waren belegt, was hauptsächlich dem ständigen Zustrom von Vertretern und Jugendlichen zu verdanken war. Auf der anderen Straßenseite lag das Sandy's, wo John und ich an jenem Mittag gegessen hatten; ein Stück weiter waren ein Einkaufszentrum, mehrere Tankstellen, eine Autovermietung, eine Dodge-Vertretung und einige Kettenrestaurants – das übliche Geschäftsviertel, das sich vor jeder Stadt bis zu dem grünen Schild an der Stadtgrenze erstreckt, auf dem die Einwohnerzahl und der Beiname der Stadt oder eine Widmung zu lesen sind. Bei Port City lautete die Widmung »Wohlstand«. Was das Schild verschwieg, war, daß der Wohlstand einen Namen hatte: Norman.

Hinter dem Schreibtisch im Vorzimmer des Managers saß eine junge Frau, die in einem Exemplar dieser neuen Romanserien las: »Ich gestehe alles«. Sie hatte eine große rote Nase, die ihr sonst ganz ansehnliches Gesicht etwas entstellte, und platinblondes Haar, das sie noch genauso trug (mit Haarspray zu einem Bienenstock aufgetürmt) wie damals, vor einem halben Dutzend Jahren, als sie noch ihren High-School-Freund bei der Stange hielt. Es war auch genau ein halbes Dutzend Jahre her, seit ich die Frau zum letztenmal gesehen hatte, und ihr Name war mir längst entfallen.

»Oh«, sagte sie, während sich ihre schläfrigen Augen

einen Moment belebten, »wenn das nicht . . .« Sie legte einen Finger an die Wange und nickte mehrmals, um vorzugeben, daß sie sich an mehr erinnerte, als es der Fall war. Sie bemerkte nicht, daß sie mir damit zeigte, daß wir etwas gemeinsam hatten.

»Lange nicht gesehen«, sagte ich.

»Ja, es ist lange her«, sagte sie. »Sehr lange. Schön, daß wir uns mal begegnen.«

»Freut mich auch.«

»Sag mal«, fuhr sie fort, »was ist denn aus dem Mädchen geworden, mit dem, äh . . .« Sie berührte wieder ihre Wange. »Dieses Mädchen, mit dem du . . .«

Ich zuckte die Achseln. »Keine Ahnung. Wir haben uns aus den Augen verloren. Hast du diesen, äh, habt ihr geheiratet?«

»Ja«, sagte sie. »Aber wir haben uns wieder getrennt. Ich hab den Jungen bekommen, ein reizendes Kind. Er kommt dieses Jahr in die vierte Klasse.«

»Wie heißt er?«

»Wie sein Vater.«

»Gut. Das ist gut.«

»Wir haben uns ja seit der High School nicht mehr gesehen.«

»Ich habe eine Zeitlang woanders gelebt.«

»Es war eine schöne Zeit, damals.«

»Ja, es war schön.«

»Du willst doch kein Zimmer mieten, oder?«

»Nein, nein. Ich wohne jetzt wieder hier in der Stadt. Ich wollte einen eurer Gäste besuchen. Einen Freund. Phillip Taber.«

Sie sah im Anmeldebuch nach, ließ den Finger über die Spalten gleiten. »Ja, da ist er. Taber. Zimmer sieben. Er ist gegen Mittag gekommen, da war ich noch nicht da.«

Ich lächelte sie an; plötzlich fiel mir eine Situation ein, als wir uns in einem Lehrsaal gegenübergesessen hatten.

Ich sagte: »Er hat mich heute nachmittag angerufen und mir gesagt, daß er eine Weile in der Stadt wäre. Ich möchte den guten alten Phil überraschen, weißt du, einfach reinplatzen . . .«

»Oh, sicher. Warte, du kannst den Reserveschlüssel nehmen.«

»Oh, darf ich das?«

»Der Chef hätte wohl was dagegen, aber was soll's? Schließlich kennen wir uns ja.« Sie griff zum Schlüsselbrett an der Wand hinter ihr und nahm einen Schlüssel ab. »Hier.«

»Danke.«

»Oh, keine Ursache«, sagte sie. Dann vertiefte sie sich wieder in ihren Roman.

Als ich hinausging, rief sie mir hinterher: »War schön, dich mal wiederzusehen.«

»Ja, das finde ich auch.«

Hinter der Tür mit der Nummer sieben spielte laute Rockmusik. Aus den Türritzen quollen winzige Rauchwölkchen, die das Aroma von Weihrauch hatten. Ich legte ein Ohr an die Tür, hörte niemand sprechen, aber ich konnte dennoch nicht sicher sein, daß Taber allein war. Ich sah mich um, entdeckte in der Box neben dem Zimmer einen neuen grünen Javelin. Dann steckte ich den Schlüssel ins Schloß.

Das Licht war ausgeschaltet. Ich knipste es an.

Er lag auf dem Rücken auf dem Bett. Sein Oberkörper war nackt; er trug nur eine verblichene Jeans. Seine Brust war blaß und haarlos, doch er hatte einen Vollbart, und sein Haupthaar, obwohl stellenweise etwas ausgedünnt, war eine dichte, wirre Masse. Er strich zärtlich mit den Fingern über den Joint, den er im Mund hatte, und nahm einen tiefen Zug. Auf dem Nachttisch neben dem Bett brannte ein Räucherstäbchen, doch der durchdringende Geruch des Joints war stärker. Ich hatte genug Erfahrung mit dem Zeug, um sofort zu bemerken, daß es kein einfaches Gras war – es roch eher wie Haschisch. Vielleicht war es das mit Opium versetzte Gras, das seit einiger Zeit in Umlauf war.

Er reagierte nicht sofort. Er blieb liegen, wie er war, starrte die Decke an, und das einzige Geräusch, das aus seiner Richtung kam, waren die saugenden Geräusche, wenn er am Joint zog.

Ich schloß die Tür und ging zu dem Schreibtisch auf der anderen Seite des Raumes, wo die Musik aus dem Doppellautsprecher eines tragbaren Cassettenrecorders brüllte. Ich stellte das Gerät leiser.

Plötzlich sprang er vom Bett hoch, fuhr auf mich los wie eine Mähmaschine, mit wirbelnden dünnen Armen und Beinen und wehendem Haar, drückte mich an die Wand und knallte mir seine knochigen Fäuste in die Rippen. Ich schob mit dem Handrücken seinen Kopf zur Seite, und er ging zu Boden, als hätte ich einen Sandsack getroffen. Doch er richtete sich sofort wieder auf, ging abermals auf mich los, und eine kleine Faust traf mich wie eine Keule am Auge, dann die zweite im Magen, dann war wieder das Auge an der Reihe, und dann zog er das Knie hoch. Eine Schmerzwelle schoß durch meine Eier und breitete sich durch meinen ganzen Körper aus, und plötzlich lag ich auf dem Boden, und Janet Tabers Angetrauter, eine gräßliche, zum Leben erwachte Vogelscheuche, hob einen nackten Fuß, um mich zu treten, und schrie: »Laß mein Karma in Ruhe, Mann!«

Ich schüttelte die Benommenheit ab und packte seinen Fuß, hob ihn aus. Er fiel weich auf das Bett, ich stürzte mich auf ihn und hielt ihn mit gestrecktem Arm unten. Ich sagte: »Immer mit der Ruhe, Mann, ich wollte dich nicht runterbringen. Komm schon, Mann, bleib ruhig.«

Ich ließ ihm etwas Zeit, und schließlich beruhigte er sich. Er kam natürlich nicht herunter – dazu war das aufgemotzte Zeug zu stark –, aber ich war froh, daß er wenigstens vor mir auf der Stelle schwebte.

»Phil Taber?«

Er blickte zur linken Ecke des Raumes und konzentrierte sich auf etwas – vielleicht eine Staubflocke oder ein Fussel – und sein Lächeln veränderte sich etwas. Ich faßte es als »Ja« auf.

»Janet war Ihre Frau?«

Er nickte, und eine Welle durchlief ihn, so daß sein ganzer Körper mitnickte.

»Was tun Sie hier in Port City?«

Seine Stimme war sehr leise, aber ich konnte ihn verstehen: »Mann, *so* high bin ich trotzdem nicht.« Und mit der Plötzlichkeit einer Polizeisirene begann er zu gackern.

Verdammt. Das war schlecht. Er war einer der Typen, die die Absurditäten des Lebens nur noch schärfer wahrnehmen, wenn sie high sind. Er würde sich über fast alles, was ich sagte oder fragte, einfach vor Lachen ausschütten.

»Hören Sie«, sagte ich. »Hören Sie gut zu. Sind Sie so high, daß es Ihnen auch egal ist, ob Sie eingelocht werden? Am besten, Sie reden jetzt mit mir, weil Sie sonst der Sheriff so schnell am Arsch hat, daß Sie glauben, es wäre eine Halluzination.«

Das Gackern verwandelte sich in ein mehr oder weniger normales Gelächter, das er nur kurz unterbrach, um zu stammeln: »Ruf ihn an . . . los doch, du Trottel, ruf den Mann an!«

Ich kapierte nichts.

»Dann haben Sie schon mit ihm gesprochen?«

Sein Lächeln veränderte sich wieder zu einem »Ja«.

»Haben Sie ihm die Erlaubnis für die Autopsie erteilt?«

Sein Lächeln sagte noch einmal ja, und er platzte wieder heraus.

Ich war nicht sicher, ob ich ihm das glauben konnte. Ich fragte: »Wie heißt denn der Sheriff, da Sie ihn ja so gut kennen?«

Er imitierte Brennans Gesichtsausdruck. Ich war sofort überzeugt.

Ich sagte: »Weiß Brennan, daß Sie Drogen nehmen?«

»›Bis Sonnenaufgang sind Sie aus der Stadt verschwunden‹, sagte er nur. ›Ja, Sir, Mister Dillon‹, sage ich.«

»Was ist mit Janet? Bedeutet es Ihnen denn gar nichts, daß sie tot ist?«

Er erstarrte einen Moment – kein Gelächter, kein Lächeln, doch seine Augen starrten immer noch die Staubflocke an. Er sagte: »Mann, wir sterben doch alle. Wir werden geboren und beginnen im gleichen Augenblick zu sterben. So ist das.«

»Was ist mit Ihrem Sohn? Empfinden Sie etwas für ihn?«

Er verlagerte seine Aufmerksamkeit auf die rechte Seite des Zimmers. Dann lächelte er wieder, diesmal nicht in meine Richtung, sondern ins Leere. Es war kein Nein und kein Ja.

»Was ist mit Ihrem Sohn?« wiederholte ich.

»Welcher Sohn? Ich hab keinen Sohn. Sohn . . . Sonne . . . Sonnenaufgang . . . ›Ja, Sir, Mister Dillon‹, sage ich. Laß mein Karma in Ruhe, Mann.«

Ich gab ihn frei. Er blieb auf dem Rücken liegen. Ich stand auf und streifte unruhig durch das Zimmer, durchsuchte seinen Koffer: ein neuer, verknitterter, dunkler Anzug, schmutzige Unterwäsche. Außer dem Gras fand ich keine Drogen; in einer Seitentasche steckten ein Mietvertrag für den Javelin und ein Rückflugschein der Pan Am. Auf dem Umschlag des Tickets stand seine Ankunftszeit: Elf Uhr. Er war aus Chicago gekommen. Das räumte mit allen Mutmaßungen auf, die mir nach seinem wilden Angriff gekommen waren – er schied als Verdächtiger für die Mißhandlung von Janets Mutter und die Brandstiftung aus. Zuletzt nahm ich mir die neue, schwarze, glänzende Lederbrieftasche vor. Der einzige Ausweis war ein verknitterter, schmutziger Führerschein aus Illinois. Er war abgelaufen. Außerdem fand ich Bargeld. Fünf knisternde, neue Scheine.

Fünftausend Dollar.

Ich stürzte zum Bett und schüttelte einen dürren Arm. »He, woher haben Sie soviel Geld?«

Er grinste die Decke an.

»Antworten Sie!«

Er grinste ungerührt weiter. »Ich hab ein Bild verkauft, Mann.«

»Ja, ich hab gehört, daß Sie Künstler sind.« Ich schüttelte heftiger. »Was haben Sie gemacht, um das Geld zu bekommen? Wem haben Sie es gestohlen?«

Er sagte: »Stellen Sie die Musik lauter.«

Mir fiel etwas ein.

»Sie haben das Geld von Norman«, sagte ich.

Irgendwo in den glasigen, geweiteten Augen ging ein Licht an.

Ich schüttelte wieder seinen dünnen Arm. »Norman – was sagt Ihnen dieser Name? Norman? Norman?«

Er begann wieder zu gackern, und ich bekam eine Fahne seines schalen, warmen, unangenehmen Atems ab. Noch so ein Schub, und ich wäre auch high gewesen. Er sagte: »Stell die Musik an. Laß mein Karma in Ruhe.«

Ich ließ ihn los, ließ sein Karma in Ruhe. Ich warf die Brieftasche neben das Räucherstäbchen auf den Nachttisch.

Auf dem Weg nach draußen drehte ich den Cassettenrecorder lauter. Deep Purple spielte ein Instrumentalstück: ›Hard Road‹.

Taber und ich hatten den gleichen musikalischen Geschmack. Irgendwie machte mich dieser Gedanke krank.

Vielleicht war ich auch nicht mehr an den Geruch von Haschisch gewöhnt.

TEIL 3

28. November 1974
Thanksgiving

13

Ich wußte, wo der Filet O'Soul Club war, obwohl ich ihn noch nie besucht hatte. In meinem Kopf geisterten noch immer Eindrücke aus der Highschoolzeit herum: häßliche Geschichten, die aus den Quad Cities zu uns gedrungen waren und um den Filet O'Soul eine Art Legende gebildet hatten.

Der Club lag in Moline (das ist die zu Illinois gehörende Seite der Quad Cities) in der Fifteenth Street auf einem Hügel. Wenn man hier, auf der Hügelkuppe, die Straße überquerte und nicht aufpaßte, war man ähnlich gefährdet wie beim russischen Roulette. Viele Autos rasten mit Höchstgeschwindigkeit durch diese Ansammlung von Häusern mit kleinen Geschäften, die außer ihrem schlechten Ruf kaum etwas gemeinsam hatten. Die ordentlichen Leute betrachteten diese Gegend als einen Schandfleck, der noch dazu an einer Hauptstraße lag, aber man konnte eben nicht viel tun, außer ab und zu den Hügel hinaufzudonnern und die Fußgänger zu erschrecken, die sich in diese Gegend wagten.

Doch das Filet O'Soul war, im Gegensatz zu einigen Fußgängern, absolut nicht heruntergekommen. Die Vorderfront war mit einer glänzenden, schwarzen Marmorimitation verkleidet – eine glatte, leuchtende Fläche ohne Fenster mit einer großen, funkelnden Stahltür, die tief in die Mauer eingelassen war. Über der Tür hing eine rote Neonreklame mit dem Namen des Clubs. Das Filet O'Soul war dem Vernehmen nach eine ausgesprochen saubere Bar mit einer guten Küche, hübschen, aufmerksamen Serviererinnen, den besten Barkeepern weit und breit, mit guter Musik und erträglichen Preisen. Der einzige Makel dieser soliden Erscheinung war eben jene Legende: Kein Weißer, der sich hineingewagt hatte, war bisher heil und in einem Stück wieder herausgekommen.

Als ich noch auf der High-School war, fuhr ich etwa einmal im Monat mit John und ein paar anderen Jungs zum Roxy-Kino, das ein paar Häuser vom Filet O'Soul entfernt war, um Softpornos anzusehen. Ich konnte mich noch lebhaft an den Bienenschwarm in meinem Magen erinnern, als ich mit meinen Freunden an der Bar vorbeiging, bis wir endlich in der Sicherheit des Kinos mit seinen harten Sitzen und der abgestandenen Luft verschwinden konnten; wir versuchten, die Schwarzen, die sich rauchend vor der Tür des Filet drängten, zu ignorieren, und hofften, sie würden nichts sagen, sie würden uns nicht töten oder uns Schlimmeres antun, um uns für die Sünden des Roxy teuer bezahlen zu lassen.

Ich hatte ein ähnliches Gefühl, als Jack Masters mich am Morgen des Thanksgiving-Feiertages anrief und sagte, Rita Washington wäre bereit, sich im Filet O'Soul mit mir zu treffen.

Nach einem Augenblick flaute das Gefühl wieder ab, und ich hoffte, Jack hätte über das Telefon nichts gemerkt. Gut, sagte ich zu Jack. Was hast du ihr denn erzählt?

Nur, daß ich in Ordnung wäre, sagte er, und daß ich mit ihr reden wollte. Ich wäre Schriftsteller – kein Reporter – und recherchierte für einen Kriminalroman. Und da sie eine Teilzeitstelle als Lehrerin hatte, konnte sie das Geld gut gebrauchen. Mit anderen Worten, er hatte ihr zwanzig Dollar versprochen.

Ich sagte ihm, er ginge sehr großzügig mit meinem Geld um, und er sagte, umsonst gibt's nichts, Junge. Ich fragte ihn, wann sie mich treffen wollte.

Er sagte, gleich jetzt, um elf Uhr; dann wäre außer den Barkeepern noch niemand da. Die Gäste würden erst später kommen, um die Footballspiele im Fernsehen zu sehen. Rita kannte einen der Barkeeper ganz gut, und er wäre einverstanden, sagte Jack.

Ich dankte ihm für die Mühe, und er erwiderte, daß es gut wäre, daß ich nicht am Vorabend eines freien Tages auf eigene Faust rausgefahren wäre. Ob ich nicht die Gerüchte über das Filet O'Soul gehört hätte?

Ich klopfte an die kalte Stahltür. Ich wartete einige Augenblicke, wollte gerade noch einmal klopfen, als die Tür geöffnet wurde. Vor mir stand ein großer, schlanker Mann mit einem langärmeligen schwarzen Seidenhemd, einer roten Kunstlederweste und schwarzen Grobkordhosen. Pechschwarze Haut, geweitete Nasenflügel, dunkle, wachsame Augen, Stirn, Wangenknochen und Kinn wie gemeißelt. Ein strahlend weißes Lächeln, ein vorsichtiger, amüsierter Blick – er sah aus wie eine gut gelungene Kohlezeichnung.

»Sie sind sicher Mallory«, sagte er.

Ich nickte, lächelte freundlich.

»Rita ist noch nicht da«, sagte er.

»Oh«, sagte ich.

»Wollen Sie drinnen warten?«

»Ja, gern.«

Er zog die Tür ganz auf, und ich trat ein. Würde ich jemals wieder herauskommen?

Es war ein langgestreckter, rechteckiger Raum mit kleinen Nischen; die Beleuchtung war voll aufgedreht, aber es war immer noch ziemlich düster. Ein Typ mit derselben Uniform wie der Barkeeper beschäftigte sich mit einem Kehrblech. Die etwas verblichenen Uniformen paßten zu dem etwas verschlissenen, rot und schwarz gekachelten Boden. Der Barkeeper ging in die linke hintere Ecke des Raumes zu der hufeisenförmigen Bar und begann, Gläser zu polieren. Ich setzte mich in eine Nische. Der Mann mit dem Kehrblech war inzwischen fertig, und als er den Dreck nach draußen brachte, schaltete er die Beleuchtung herunter; der Raum wurde jetzt nur noch von den kleinen roten Birnen unter den abstrakten Zeichnungen in den Nischen und von einigen von innen beleuchteten Reklameflaschen verschiedener Whiskymarken erhellt. Der Laden sah sofort besser aus; er war auf dem besten Wege, eine ›Atmosphäre‹ zu bekommen, und jetzt fehlte nur noch der Qualm und ein dichtes Gedränge.

Nach zehn Minuten kam der Barkeeper zu meiner Nische und stellte ein Glas Bier auf den Tisch. »Sie sehen so ausgetrocknet aus«, sagte er lächelnd.

Ich bedankte mich bei ihm und begann in meinen Taschen nach Kleingeld zu suchen, doch er schüttelte den Kopf. Seine Haltung war eine seltsame Mischung aus echter Freundlichkeit und Herablassung.

Ich bedankte mich noch einmal, aber er war schon wieder zur Bar unterwegs, um weiter seine Gläser zu polieren.

Als ich das Bier zur Hälfte getrunken hatte, ging die Tür auf.

Sie war groß, knapp einsachtzig: eine schlanke, junge Frau, fast dünn – obwohl nichts fehlte –, und sie trug einen hellpurpurnen Hosenanzug mit einem dunkelpurpurnen Rollkragenpullover darunter. Ihre Haut hatte die Farbe von Milchschokolade. Das Gesicht war rund, braune Augen mit langen Wimpern, ein schmollender Kußmund, starke, kantige Wangenknochen, und eine kleine, zierliche Nase von der Sorte, die es sonst nur beim Gesichtschirurgen gibt. Die Nasenflügel hatten allerdings etwas Stolzes, das man mit Geld nicht kaufen kann. Ihr pechschwarzes glattes Haar war im Afrostil hochgesteckt und bildete einen starken Kontrast zu der hellbraunen Haut.

Sie kam zu meiner Nische und sah mich an. »Mallory?«

Ich stand auf. »Ja. Miss Washington?«

»Rita«, sagte sie. Sie glitt ohne zu zögern in die Nische. Ich setzte mich wieder.

»Mal«, sagte ich.

»Mal«, wiederholte sie ohne besonderes Interesse.

Ich sagte: »Danke, daß Sie gekommen sind.«

»Darf ich Sie was fragen?«

»Gern.«

»Warum bin ich hier?«

»Wollen Sie denn nicht hier sein?«

»Immerhin habe ich mich eine halbe Stunde verspätet.«

»Hören Sie, wenn Sie glauben, daß ich Sie nur anmachen will . . .«

»Daran habe ich überhaupt nicht gedacht – bis ich hereinkam und Sie mich mit aufgerissenem Mund anstarrten.«

Ich spürte, wie ich rot wurde. »Es tut mir leid, ich hatte nicht erwartet . . .«

»Was *haben* Sie denn erwartet?«

»Zuerst mal hatte ich nicht erwartet, die bestaussehende Frau in ganz . . .«

»Geschenkt«, sagte sie. »Erzählen Sie mir lieber schnell etwas, das sich nicht nach billiger Anmache anhört.«

»He, ich wollte doch nicht . . .«

»Ich hätte gleich wissen sollen, wofür die zwanzig Bucks waren.« Sie wollte aufstehen. »Einen schönen Tag noch, Blödmann. Bis dann.«

»Warten Sie. So war es nicht gemeint. Bitte.«

Sie zögerte.

»Hören Sie mir bitte zu und lassen Sie mich Ihnen einige Fragen stellen. Die zwanzig Dollar sind für's Zuhören.« Ich legte zwei Zehner vor ihr auf den Tisch.

»Was für Fragen?«

»Hören Sie doch erst mal zu!«

»Sagen Sie mir doch erst mal, worum es geht.«

»Es geht um einen Ihrer Brüder.«

»Ich hab eine Menge Brüder.«

»Nicht diese Art von Bruder.«

»Von der anderen Sorte hab ich auch eine Menge. Sechs, um genau zu sein.« Sie schob die beiden Zehner fort. »Keiner davon ist zu verkaufen.«

»Fehlt einem Ihrer Brüder ein Auge?«

»Was, haben Sie es etwa gefunden? Vergessen Sie's.« Sie wollte wieder aufstehen.

»Bitte, warten Sie.«

Sie zögerte, lehnte sich zurück, blieb einen Augenblick unschlüssig sitzen. Dann schob sie die Scheine noch weiter fort und sagte: »Stecken Sie die zwanzig lieber wieder ein. Ich hab so ein billiges Gefühl dabei.«

»Meinen Sie, es ist nicht genug?«

»Ich meine, daß nichts, was ich habe, zu verkaufen ist.«

»Hören Sie, ich wollte nicht . . .«

»Mein Bruder hält auf seine Privatsphäre. Und wenn er diese Einstellung hat, dann gilt das für Rita genauso, und es gibt nichts zu verkaufen.«

»Wollen Sie denn nicht wenigstens eins tun, wollen Sie nicht zuhören, was ich zu sagen habe, und danach entscheiden?«

Sie seufzte.

Ich erzählte es ihr, aber in einer etwas anderen Reihenfolge als bisher; ich holte meine Geige aus dem

Kasten und begann mit Janet, mit ihrem herzkranken Kind, mit der verprügelten und verbrannten Mutter, mit dem Unfall auf dem Colorado Hill, der so sehr an Senator Normans tödlichen Unfall erinnerte. Der Einäugige, der ihr Bruder sein konnte, kam erst in der Mitte meiner Geschichte vor, und ich endete mit meinem Besuch bei Phil Taber am vergangenen Abend.

»Was ist mit dem Stiefvater Ihres Freundes?« sagte sie Wider Willen war sie nun doch neugierig geworden »Wenn er der Sheriff ist, dann können Sie den ganzen Scheiß über die Taber-Puppe doch aus ihm rausholen.«

»Das ging nicht«, sagte ich. »Brennan war gestern abend unterwegs, und er hat nicht auf die Nachricht reagiert, die ich ihm durch John überbringen ließ; er sollte mich sofort anrufen, wenn er zurück käme. Heute morgen war ich in seinem Büro, aber da war er schon wieder draußen. Außerdem hat er sowieso keine große Lust, mit mir zusammenzuarbeiten.«

Während meines Berichtes waren einige Schwarze im Alter zwischen einundzwanzig und fünfunddreißig hereingetrudelt und hatten sich an der Bar niedergelassen, um das Footballspiel in dem Fernseher anzusehen, der über dem Spiegel hinter der Theke aufgehängt war. Einige gönnten mir einen müden Blick, aber niemand sprach mich direkt an.

Doch dann bat Rita mich, zur Bar zu gehen und ihr was zu trinken zu holen, und ich ging, und während ich unterwegs war, schlenderte ein dünner, großer Schwarzer mit einem grellbunten Hemd und weiten, grauen Hosen zu Rita hinüber und begann mit ihr zu quatschen.

Als ich zurückkam, hörte ich gerade noch den Rest seiner Bemerkung: ». . . dich wieder mit weißem Fleisch rumtreibst, Rita?«

Rita sagte nichts.

Der Bursche fuhr fort. »Arbeitest du immer noch in

dieser Schule für weiße Gören, Baby? Wischst du immer noch dem weißen Mann die Nase? Scheiße, Mädchen, ich muß gleich kotzen.«

Ich sagte: »Entschuldigung.«

Er schielte mich aus den Augenwinkeln an und verzog das Gesicht. Er war immer noch Rita zugewandt, doch ich wußte natürlich, wem die Grimasse galt. »Wer ist dieser Saftsack, Baby? Hast du ihn überredet, dir Bleichmittel zu verkaufen, damit du dich abschrubben kannst?«

Ich sagte: »Ich glaube, Sie sollten uns lieber in Ruhe lassen, mein Freund.«

Er fuhr herum und starrte mich an. »Hör mir ja auf mit ›Freund‹, du A-«

Ich sagte: »Hör mir ja auf mit diesem ›A‹, mein Freund.«

Ich sah es kommen und tauchte weg, kippte ihm den Drink ins Gesicht und knallte ihm das Knie in den Bauch. Sein Arm schwang über meinen Kopf. Ich unterlief ihn, stieß mit dem Ellbogen nach, und er ging zu Boden.

Ich lehnte mich gegen die Nische, schnappte nach Luft und wunderte mich, warum ich noch nicht zitterte. Er schob sich langsam hoch, kam auf die Füße, krümmte sich. Er lächelte. Es war kein sehr freundliches Lächeln.

Mir war klar, daß ich allein war, aber ich kümmerte mich nicht darum. Es war nicht das erste Mal, daß ich Prügel bekam. Ich nahm mir nur vor, auf meine Zähne aufzupassen.

Inzwischen waren drei Typen von der Bar herübergekommen. Natürlich waren sie schwarz, und zwei von ihnen waren sehr groß: einer war einsfünfundachtzig und dick, der andere drahtig und einsneunzig groß. Der dritte war klein und dick und hatte umfangreiche Muskelpakete.

Jetzt begann ich zu zittern.

Sie rückten bis hinter meinen Freund vor und bauten sich neben ihm auf. Der große Drahtige packte ihn an der Schulter und wirbelte ihn herum. Er sagte: »Wirst du wohl die Leute in Ruhe lassen? Du hast wohl Lust, dir das Arschloch über die Ohren streifen zu lassen, was?«

Bevor mein Freund antworten konnte, packte ihn der Dicke an der anderen Schulter und zerrte ihn zur Bar.

Ich sagte zu den anderen beiden »Danke«, und sie zuckten gleichzeitig die Achseln und gingen zur Bar zurück.

Ich wandte mich an Rita, die die ganze Zeit kein Wort gesagt hatte.

Jetzt sagte sie etwas. »Sie haben meinen Drink verschüttet.«

Ich lachte, schüttelte den Kopf.

Sie sah mich mit ihren großen, braunen Augen an. Sie blinzelte, daß ihr fast die langen Wimpern abfielen, und sagte: »Kommen Sie, wir wollen hier verschwinden.«

»Oh?«

»Wir gehen zu mir.«

14

Sie zog ihren weißen Mustang vor dem Lange's Sporting Goods an den Bordstein, und ich parkte meinen Rambler direkt hinter ihrem Wagen. Obwohl die Gehwege der Innenstadt Rock Islands nicht sehr belebt waren, bewegte Rita sich, als hätte sie Angst, jemand könnte sie sehen; sie stieg aus dem Mustang, ging rasch zu einem Eingang zwischen dem Sportgeschäft und dem benachbarten Schallplattenladen, öffnete die Tür und ging hinein. Sie hielt mir bereits ungeduldig die Tür auf, als ich gerade den Zündschlüssel abzog.

Ich bemühte mich, ihr so schnell wie möglich zu folgen. Wir gingen eine alte Holztreppe hinauf, die nicht gleich verrückt wurde, wenn Menschen auf ihr gingen. Dann blieben wir vor einer Wohnungstür stehen, und sie steckte den Schlüssel ins Schloß. Die weiße Farbe der Tür und der Anstrich der Flurwände war überall abgeblättert. Sie winkte mich in ihre Wohnung.

Die Wände waren purpurn. Es war dasselbe dunkle Purpur wie bei ihrem Pullover. Oder besser, drei Wände waren purpurn, eine weiß. Auch der dicke, weiche Teppich war purpurn, aber von einem etwas helleren Ton; eher wie ihr Hosenanzug.

Die Wohnung bestand aus einem mittelgroßen, nur spärlich möblierten Raum. Überall lagen Kissen in verschiedenen Größen und Farben herum; ein durchsichtiger, aufblasbarer Sessel; ein aus Ziegelsteinen und einer dunklen Holzplatte improvisierter Schreibtisch mit Bücherstapeln, einer Schreibmaschine und Papier; ein Drehstuhl vor dem Schreibtisch; ein tragbarer Fernseher; eine Stereo-Kompaktanlage; an einer Wand ein halbhohes Bücherregal, auf die gleiche Weise konstruiert wie der Schreibtisch. Die gegenüberliegende Wand wurde von der Badezimmertür unterbrochen, und als ich hereinkam, sah ich ganz links eine winzige Küche: eher eine Nische als ein eigener Raum, mit einem kleinen Schrank über einem kleinen Kühlschrank und einem noch kleineren, offenbar sehr alten Herd, die sich in der Ecke drängten wie die Bestandteile eines Puppenhauses. Gegenüber der Eingangstür sprang ein rechteckiger Kasten etwa einen Fuß aus der Wand hervor; die Umrisse verrieten mir, daß die Wand mit einem Klappbett schwanger war. Auf dem Kasten klebten Poster von Paul Newman und Malcolm X.

»Ein seltsames Paar«, sagte ich trocken, indem ich in die Richtung der Poster nickte.

»Eigentlich nicht«, sagte sie, während sie sich mit katzenhaften Bewegungen auf den Teppich setzte und an ein rotes Kissen lehnte. »Paul Newman ist sehr engagiert.«

Ich sah mich im Purpurzimmer um. »Wer ist Ihr Innendekorateur?«

Sie lächelte. Ihre Zähne waren klein und weiß, vielleicht etwas zu klein – Gott sei Dank, endlich hatte ich eine Unvollkommenheit entdeckt.

»Gräßlich, was?« sagte sie, indem sie eine ausholende Geste machte. »Aber außer der Tatsache, daß Purpur meine Lieblingsfarbe ist, gibt es noch einen zweiten Grund dafür. Wissen Sie, wie schwer es ist, eine vernünftige Wohnung zu finden? Und der einzige Lehrerjob, den ich finden konnte, war eine halbe Stelle als Englischlehrerin auf der Junior High. Ich hab vier Jahre College, aber ich hatte nicht genug Pädagogikkurse belegt, und jetzt bin ich Teilzeitkraft und soll im Augustana College die Kurse nachholen, die mir noch fehlen. Übrigens haben mich deshalb Ihre zwanzig Dollar so gereizt.«

Als sie nicht weitersprach, sagte ich: »Und Ihre Vorliebe für Purpur?«

»Oh – nun, das war so. Ich wollte billige Sachen haben, die ich ohne großen Verlust wegwerfen kann, wenn ich mir eine bessere Wohnung leisten kann. Ich fand *diese* Wohnung, und sie war schrecklich – überall blätterte die Farbe ab, wie im Flur – aber für eine Wohnung in der Innenstadt war sie billig. Ich nahm sie und ließ mir vom Vermieter die Erlaubnis geben, zu renovieren und einen neuen Teppich zu verlegen und neu zu tapezieren. Natürlich auf meine Kosten, aber ich dachte, wenn ich es normal machte, in Beigetönen und mit ordentlichen

Tapeten, würde dieses Aas bestimmt gleich die Miete erhöhen. Ist Ihnen das schon mal passiert, Mallory? Sie stecken Ihr eigenes Geld in eine Wohnung, und zum Dank für Ihre Mühe kriegen Sie noch eine Mieterhöhung?«

Ich nickte. »So wie es jetzt aussieht«, sagte ich, »wird Ihr Vermieter wohl eher Angst haben, Sie könnten ausziehen und ihn auf seinem Purpurelefanten sitzenlassen.«

Sie lachte leise und knöpfte den oberen Teil ihres Hosenanzuges auf. Sie glitt heraus, faltete ihn zusammen und warf ihn über ein großes Kissen. Dann zog sie ihren Pullover wieder herunter und strich ihn glatt, und ich versuchte, ihre Brüste zu übersehen, doch es gelang mir nicht. Es schien sie nicht zu stören. Sie klopfte auf das Kissen neben sich und forderte mich auf, mich zu setzen.

»Sie sind also Krimiautor?«

»Ich versuche es. Ich hab bisher erst ein paar Kurzgeschichten verkauft.«

»Das ist aber aufregend. Wo . . .« Sie hielt inne, lächelte. »Ich wollte Sie gerade fragen, woher Sie Ihre Ideen bekommen – haben Sie es eigentlich eilig? Wartet irgendwo in Port City eine große Thanksgiving-Feier auf Sie?«

»Nein.«

»Sie kommen doch von dort? Aus Port City? Oder gehen Sie da unten nur aufs College?«

»Beides.«

»Dann gibt's also heute keine Familienfeier?«

»Meine Eltern sind schon vor einiger Zeit gestorben.«

»Oh.«

»Und im Gegensatz zu Ihnen bin ich ein Einzelkind.«

Sie ignorierte meinen plumpen Versuch, zum Thema zurückzukehren und blickte mich mit ihren großen, braunen Augen offen an. »Ohne Truthahn ist Thanksgiving kein richtiges Thanksgiving.«

»Das muß ich sofort notieren.«

Sie warf ein Kissen.

»Also gut«, sagte sie. »Vielleicht klingt es kindisch, vielleicht ist es ein Klischee, aber Mann, so bin ich nun mal. Wenn Sie viele Geschwister hätten, wüßten Sie, was ich meine. Egal, wie schlecht es uns ging, und manchmal ging es uns wirklich dreckig – mein Vater hat immer dafür gesorgt, daß zu Thanksgiving ein Vogel auf den Tisch kam. Immer.«

»Gibt's bei Ihnen denn auch keine Familienfeier?«

»Tja, das haben wir gemeinsam, Mallory. Meine Eltern sind auch tot. Ich war das jüngste von sieben Kindern, und, nun ja, wir haben uns in alle Himmelsrichtungen verstreut und sind nie wieder zusammengekommen.«

»Und Ihr Bruder?«

»Hören Sie, wenn Sie glauben, daß ich nicht merke, in welche Richtung Sie unser Gespräch lenken wollen, können Sie sofort wieder verschwinden. Ich denke darüber nach, ob ich es Ihnen erzählen soll, aber ich bin noch nicht sicher. Lassen Sie es einfach laufen, ja?«

»Rita.«

»Ja?«

»Darf ich sie zum Puteressen einladen? Hier gibt's doch bestimmt ein Restaurant, das ein Thanksgiving-Buffet anbietet. Was halten Sie davon?«

»Das ist ein raffinierter Bestechungsversuch, Mal.«

Sie sagte Mal, nicht Mallory. Ein gutes Zeichen. »Also, Rita, was sagen Sie? Haben Sie was Besseres anzubieten?«

»Es ist nicht nötig, Mal. Ich kann uns den Puter auch hier machen.«

»Hier?«

»Klar.«

»Das ist aber eine Menge Mühe, oder? Ich meine, wollen Sie das wirklich tun?«

Sie stand auf und sagte: »Bleiben Sie nur sitzen.« Sie ging zu ihrer Miniküche hinüber, bückte sich und zog zwei Pakete aus dem Minikühlschrank. Sie hielt sie hoch, damit ich sie sehen konnte: Fertiggerichte.

Ich grinste und nickte zustimmend.

Ein paar Minuten später, nachdem sie die Packungen im Backofen untergebracht hatte, kam sie zurück, lehnte sich wieder in ihr Kissen und blickte mich an.

»Warum haben Sie mich mitgenommen, Rita?«

Sie zuckte die Achseln.

»Glauben Sie immer noch, ich würde Ihnen am liebsten gleich die Kleider vom Leib reißen?«

»Nein«, sagte sie, »aber Sie hätten auch nichts dagegen, wenn ich mich freiwillig ausziehen würde.«

»Hätte ich auch nicht. Und Sie?«

»Weiß ich nicht. Es ist noch zu früh.«

»Machen *Sie* jetzt *mich* an, Rita? So ein klein wenig?«

»Oh, *klar*. Ich mach *Sie* an!«

»Ist doch möglich.«

»Ich weiß. Ich werd ganz scharf, wenn ich Sie nur ansehe.«

»Ach, kommen Sie! Woher soll ich wissen, daß Sie nicht einfach nur Ihren Bruder decken wollen? Vielleicht steckt er bis zum Hals in Schwierigkeiten, und Sie wollen ihm jetzt einfach helfen, indem Sie mich ablenken. Vielleicht beginnen Sie jetzt jeden Augenblick, *mich* auszuhorchen.«

»Wenn Sie das glauben«, sagte sie mit deutlich kälterer Stimme, »dann versuchen Sie mal, Ihre weißen Pfoten an mich zu legen. Sie werden schon sehen, was dann passiert.« Sie fuhr mir mit einem ihrer langen Fingernägel über die Wange.

»Rita, wenn wir uns gegenseitig nicht anmachen,

wenn wir einfach nur etwas freundlich zueinander sind – können wir dann nicht einfach über Ihren Bruder reden, damit wir es hinter uns haben?«

»So langsam wünsche ich mir, die Typen im Filet O'Soul hätten Ihnen nicht geholfen.«

»Das ist kein Spiel für mich. Eine junge Frau ist gestorben, und niemand scheint sich darum zu kümmern.«

»Niemand außer Ihnen. Der weiße Ritter.«

»Verdammt, wollen Sie mir nun helfen oder nicht, Rita?«

»Klar, Mallory, klar. Ich helfe *Ihnen,* einem völlig Fremden. Ich erzähle Ihnen alles über meinen Bruder, weil Sie ein netter Typ sind und so gut aussehen und mir eine gute Geschichte erzählt haben.«

»Rita.«

»Was?«

»Warum haben Sie mich mitgenommen?«

»Ich wünschte, ich wüßte es«, sagte sie. Sie wandte sich ab, und ihr Schmollmund schmollte stärker denn je. Dann drehte sie sich plötzlich zu mir herum und drückte ihren Schmollmund auf meine Lippen.

Der Kuß dauerte für einen ersten Kuß recht lange, aber er war weich und vorsichtig, nicht heiß und fordernd. Sie hatte volle, weiche und süße Lippen, und es war zugleich sanft und leidenschaftlich.

Nach dem Kuß beugte ich mich vor, um sie noch einmal zu küssen, doch sie wich aus und lächelte. Es war kein gemeines Lächeln, es war kein Necken – es sollte besagen: Wir wollen uns Zeit lassen, laß uns bitte nichts überstürzen.

Sie ließ zu, daß ich sie in den Arm nahm und festhielt, und so lagen wir eine Weile, gegen die Kissen gelehnt, auf dem Boden. Paul Newman und Malcolm X beobachteten uns, wie wir ruhig lagen, ohne zu sprechen, ohne uns zu küssen, bis irgendwo eine schrille Klingel ertönte. Sie sprang auf.

»Was war das?« fragte ich.

Sie war schon am Herd. »Puterzeit«, sagte sie.

Ein paar Minuten später saßen wir wie Indianer im Schneidersitz, löffelten aus den Aluminiumschalen und tranken kaltes Bier.

»Du bist eine großartige Köchin«, sagte ich.

»Ach, halt den Mund.«

»Nein, wirklich, es ist gut.«

»Auf jeden Fall ist es heiß.«

»Es ist Puter.«

»Es ist Thanksgiving.«

Sie lächelte. »Es ist Thanksgiving.«

Wir prosteten uns zu.

Wir aßen eine Weile schweigend, dann sagte sie: »Dieses, äh, diese Sache mit dem toten Mädchen . . .«

»Ja?«

»Suchst du nach einer Verbindung zu einem Norman?«

»Es sind mehrere Normans. Der alte Norman, Simon Harrison Norman, sein Sohn Richard – er ist tot; das ist der Typ, der Senator war – und Stefan Norman, ein Neffe, der den Norman Fund leitet, was auch immer das ist. Reicht das fürs erste?«

»Mein Bruder arbeitet für die Normans.«

»Was? Was sagst du da?«

»Mein Bruder Harold arbeitet für die Normans. Harold hat ein Auge verloren, er ist sehr groß, und er arbeitet seit mindestens zehn Jahren in Port City für die Normans.«

»Mann.«

»Einer der Männer, für die er arbeitet, heißt Stefan Norman. Er lebt drüben in Davenport. Soll ich dich hinbringen?«

15

Ich stellte meinen Rambler zwischen einem Lincoln Continental und einem Grand Prix ab; mein Wagen war der einzige auf dem Parkplatz des Nottingham Acres, der kein Vinyldach hatte. Das Nottingham Acres war ein großer, prächtiger, U-förmiger Bau im Tudorstil, dessen Grundfläche wahrscheinlich erheblich kleiner war als ein Acre. Aber was soll's? Außerdem fragte ich mich, warum das Haus bei den Mieten, die dort zweifellos verlangt wurden, ausgerechnet *Nottingham* Acres genannt worden war.

»Ich warte hier im Wagen«, sagte Rita.

»Was?«

»Ich warte hier im Wagen.«

»Du wartest hier im Wagen« »Genau das sagte ich.«

»Sagtest du nicht, du wolltest mich zu Stefan Norman bringen?«

»Er wohnt hier. Im obersten Stock dieses Seitenflügels Nummer 1207.«

»Da ist doch noch etwas . . . hast du Angst, dein Bruder könnte Schwierigkeiten bekommen, wenn Norman erfährt, daß du mich hergebracht hast?«

»Teilweise, ja.«

»Und was ist noch?«

»Du kommst sicher ohne mich besser zurecht. Als ich Norman das letzte Mal begegnete, haben wir uns nicht sehr gut verstanden.«

»Was war damals denn los? Wollte er dir etwa an die Wäsche?«

»Nein. Es ging um den Job meines Bruders.«

»Tja – dann frage ich lieber nicht weiter.«

»Du lernst schnell.«

»Also gut. Du wartest hier im Wagen?«

Sie nickte.

Das Gebäude war aus rohen, verschiedenfarbigen Steinen gemauert, doch drinnen war alles mit teurem Holz verkleidet. Es gab nur einen Aufzug ohne Liftboy. Ich war etwas überrascht, daß es hier keinen Liftboy, keinen Portier oder Parkplatzwächter gab. Vielleicht lag es daran, daß Thanksgiving war, oder die Überwachungstechnik hatte die Menschen ersetzt, oder sie hatten einfach gespart wie bei den Acres.

Normans Wohnung lag im zwölften Stock direkt gegenüber dem Aufzug. Die »1207« stand in großen goldenen Lettern auf der massiven Holztür.

Ich klopfte.

Es dauerte eine Weile, aber schließlich wurde die Tür halb geöffnet, und vor mir stand ein kleiner, zartknochiger Mann in einem langärmligen, hellblauen Hemd mit langem, spitzem Kragen; das Hemd hing fast bis zur Hüfte aus der dunkelblauen, weiten Hose. Sein Haar war schwarz, lockig und fettig und ziemlich lang, die starkknochigen Wangen mit Pockennarben übersät, die Nase gekrümmt, die Augen hellgrau oder hellblau, darüber buschige Augenbrauen. Seine Augen blickten mit einer Intensität, die jeden Gesprächspartner in Bann schlagen konnte und ihn die ansonsten leicht abstoßende Erscheinung des Mannes vergessen ließ.

Er lächelte zögernd, entblößte sehr gute Zähne. Zu gute Zähne.

»Kennen wir uns?« fragte er.

»Nein, wir kennen uns nicht. Bitte entschuldigen Sie meine Aufdringlichkeit, Mister . . . Mister Norman?«

»Stefan Norman. Und wer sind Sie?«

»Mein Name ist Mallory. Ich habe etwas sehr Wichtiges mit Ihnen zu besprechen. Hätten Sie vielleicht einige Minuten für mich Zeit?«

»Ist das ein Scherz? Hat Sie jemand vom zehnten Stock geschickt, um mir einen Streich zu spielen?«

»Nein, bestimmt nicht. Könnte ich Sie bitte sprechen?«

Er hob eine Augenbraue. »Das tun Sie bereits.«

»Ich weiß, daß es eine Zumutung ist . . .«

»Das kann man wohl sagen, Mr. Mallory. – Habe ich Ihren Namen richtig verstanden?«

»Ja, Mallory. Es ist sehr wichtig. Ich bin eigens von Port City hergekommen, um Sie zu sprechen.«

»Nun, Mr. Mallory, wenn Sie für Ihre dringende Angelegenheit, was auch immer es ist, den Nachmittag des Thanksgiving opfern, dann sollte ich wohl bereit sein, einige Minuten für Sie zu erübrigen.«

»Das wäre sehr nett, Mr. Norman.«

»Es kommt mir allerdings etwas dumm vor, da ich morgen früh um neun sowieso wieder in meinem Büro in Port City bin. Aber kommen Sie herein.«

Er zog die Tür ganz auf, ließ mich vorbei und schloß sie hinter mir wieder. Dann führte er mich durch einen langen, schmalen Flur, von dem einige Türen zu sicher nicht winzigen Räumen abgingen. Der Flur entdete in einem großen Wohnzimmer, unter dessen Decke sich lange Balken entlangzogen. Der Raum war in ein kupfernes, indirektes Licht getaucht. An zwei mit Rosenholz verkleideten Wänden hing eine konservative Sammlung von Ölbildern, doch den ganzen Raum beherrschte ein großer gemauerter Natursteinkamin an der hinteren Wand. Im Kamin brannte ein der Jahreszeit angemessenes, kleines Feuer. Rechts davon stand ein schwerer Rosenholzschrank mit einem Farbfernseher und einer Stereoanlage darauf. Auf der Mattscheibe war noch das Footballspiel im Gange, für das sich vor gar nicht so langer Zeit auch die Jungs im Filet O'Soul interessiert hatten. Der Boden des Raumes war mit Kacheln ausgelegt, die zu drei Vierteln von einem rostfarbenen Hirtenteppich bedeckt waren. Vor dem Kamin stand eine wuchtige, braune Ledercouch, mit genug Zwischenraum für einen riesigen schwarzen Marmortisch, der als Anrichte für die gut bestückte, mit Leder ausgeschlagene Hausbar an der hinteren Wand diente. Zwischen dem Tisch und der Couch sah ich zwei hölzerne rustikale Beistelltische mit den zu Thanksgiving üblichen randvollen Serviertellern: Puter, Preiselbeeren, Kartoffelpüree und so weiter. Aber irgendwie hatte ich das Gefühl, daß die Jungs die Köstlichkeiten gar nicht richtig genossen.

Ich sagte »die Jungs«, weil Norman nicht allein war: Auf der Couch saß ein Freund, der wie gebannt das Footballspiel verfolgte. Norman räusperte sich, sein Freund stand auf und drehte sich um, um mich zu begrüßen. Er war über einsachtzig groß und stämmig gebaut; seine Hände waren groß und von dicken Venen überzogen. Sie schienen lose an den Gelenken seiner langen Arme zu baumeln. Er hatte blondes, stark ausgedünntes Haar, zum Ausgleich übertrieben dicke Koteletten, eine breite Stirn über kleinen, weit auseinanderliegenden, dunklen Augen, eine winzige Nase und einen winzigen Mund. Die Schwächlichkeit seiner Gesichtszüge wurde von seinem gewaltigen, vorspringenden Kinn wettgemacht. Er trug einen gelben Kaschmirpullover und eine senffarbene, weite Hose. Er sagte: »Wer ist das?« Seine Stimme klang sowohl nach Schmirgelpapier wie nach Stirnhöhlenkatarrh.

Stefan Norman antwortete: »Er sagt, er heißt Mallory. Er ist von Port City raufgekommen, weil er was mit mir zu besprechen hätte.«

»Was denn?«

»Weiß ich nicht. Irgend etwas eben.« Er sah mich an. »Das ist Mr. Davis.«

»Hallo«, sagte ich.

Davis nickte. »Eine ungewöhnliche Zeit für Besuche.«

Norman wies ihn zurecht: »Setz dich wieder und sieh dir das Spiel an.«

Der große Mann zuckte beleidigt die Achseln und setzte sich vor seinen Puter. Einen Augenblick später war er wieder voll auf das Spiel konzentriert.

Norman sagte: »Möchten Sie etwas trinken, Mr. Mallory?«

»Tut mir leid, daß ich Sie beim Essen gestört habe.«

»Schon gut. Ich hab sowieso schon zuviel gegessen. Wenn man zu lange mit den Vorbereitungen zubringt, kann man das Essen manchmal schon nicht mehr sehen, ehe es auf den Tisch kommt.«

Ich folgte ihm an die Bar und setzte mich. Sogar die Hocker waren mit braunem Leder bezogen und üppig gepolstert. Norman fragte: »Was möchten Sie?«

»Irgendwas.«

»Im Geiste der sportlichen Tradition Amerikas haben wir heute Bier getrunken. Bockbier, genauer gesagt. Wie wär's damit?«

»Gern.«

Er kramte eine Weile hinter der Bar herum, als müßte er das Zeug erst brauen, dann gab er mir ein gefülltes Glas. Ich trank es mit zwei großen Schlucken halb aus und beobachtete ihn, wie er hinter der Bar stand und mich beobachtete und zu erraten versuchte, was ich von ihm wollte. Er nahm einen Schluck aus seinem Glas.

Schließlich brach ich das Schweigen. »Kannten Sie ein Mädchen namens Janet Taber?«

Er schüttelte den Kopf. »Nein. Nein, tut mir leid.«

»Sie kannten sie vielleicht unter dem Namen Janet Ferris.«

»Ferris?«

»Ja.«

»Ferris. Warten Sie, ich muß nachdenken . . . nein, ich glaube nicht.«

»Denken Sie doch noch etwas nach. Sie hat während der Wahlkampagne für Ihren Cousin gearbeitet.«

»Sie hat für Richard gearbeitet?«

»Janet Ferris.«

»Janet Ferris. Hm. Warten Sie, war das dieses Mädchen vom Drake? Sie war Richards Sekretärin, sagen Sie?«

»Genau.«

»Oh, dann erinnere ich mich an sie. Ein hübsches Mädchen. Brünett, glaube ich?«

»Als ich sie kennenlernte, war sie blond, aber es ist schon möglich.«

»Sie sagten, sie *war* blond? Und Sie sagten, ob ich eine Janet Ferris *kannte* – was hat die Vergangenheitsform zu bedeuten?«

»Sie ist tot.«

»Oh. Das tut mir aber leid. Sie war so ein freundliches, lebhaftes Mädchen. Sie war Richard wirklich eine große Hilfe, wenn ich mich recht erinnere.«

»Sie kam bei einem Autounfall ums Leben. Dienstagabend war das. Es stand gestern in der Zeitung.«

»Ich lese das *Port City Journal* nicht oft, weil ich hier oben wohne.«

»Es stand auch in den Zeitungen aus Davenport.«

»Wie auch immer, ich hab's übersehen. Aber es tut mir leid.«

»Der Unfall war auf dem Colorado Hill.«

»Tja, Mr. Mallory, ich wüßte nicht, was ich damit zu tun haben sollte.«

»Richard Norman kam auch bei einem Unfall auf dem Colorado Hill ums Leben.«

»Und eine ganze Reihe anderer Leute, wie man leider sagen muß – aber was hat das mit mir zu tun?«

»Janet hat einmal für Ihren Cousin gearbeitet, einverstanden?«

»Ja, sicher.«

»Sie starb wie Ihr Cousin bei einem Unfall auf dem Colorado Hill.«

»Und das betrachten Sie als – ja, als was denn? Ein Bindeglied? Eine Gemeinsamkeit?«

»So könnte man es sagen.«

»Sie interpretieren aber eine Menge in einen schlichten Zufall hinein.«

»Zufall vielleicht, aber simpel – nein.«

Er musterte mich einen Moment. Dann sagte er: »Warum interessieren Sie sich dafür, Mr. Mallory? Sind Sie Detektiv? Privatdetektiv oder Polizeibeamter?«

»Ich kannte Janet Taber, das ist alles.«

»Dann ist dies keine ... keine offizielle Untersuchung.«

»Wenn die Cops die richtigen Fragen gestellt hätten, müßte ich mich jetzt nicht bemühen.«

Er runzelte die Stirn, aber seine Nachdenklichkeit war gespielt. Sein Mienenspiel war anscheinend immer auf Wirkung berechnet und für sein Gegenüber gedacht und entsprach kaum echten Gefühlsregungen.

»Ich hoffe«, sagte er, »daß diese Unterhaltung bald eine klarere Richtung nimmt, Mr. Mallory. Ihre ›dringende Angelegenheit‹ kommt mir eher wie die Zwangsvorstellung eines nun, eines nicht ganz stabilen Bewußtseins vor.«

»Sie sind mir schon so weit entgegengekommen ...«

Er seufzte. »Fahren Sie fort.«

»Kennen Sie einen Mann namens Washington?«

»Nein.«

»Sind Sie sicher?«

»Ziemlich.«

»Er ist schwarz.«

»Das ist sicher manchmal unangenehm für ihn.«

»Er ist groß, und er hat nur noch ein Auge.«

»Wirklich?«

»Er hat zehn Jahre für Ihren Onkel gearbeitet.«

»Wirklich?«

»Wirklich.«

Stefan Norman starrte mich ausdruckslos an.

»Und er hat eine Schwester. Rita.«

»Und wie viele Augen hat die?«

»Was soll das, Norman?«

»Ich glaube, jetzt reicht es, Mr. Mallory. Ich glaube, die Unterhaltung ist damit beendet. Finden Sie selbst hinaus?«

»Danke für das Bier.«

Ich ging durch den langen Flur zur Tür, fuhr mit dem Aufzug hinunter, und zwei Minuten später saß ich wieder bei Rita im Rambler, und selten waren zwei Menschen mit einem gemeinsamen Ziel auf einem Parkplatz einander so fern.

»Und?« sagte sie.

Ich grunzte. »Er hat zugegeben, daß er Janet flüchtig kannte. Er sagte, er hätte nicht gewußt, daß sie bei einem Unfall starb. Auf den Namen Taber hat er überhaupt nicht reagiert.«

»Was hältst du davon?«

»Was hältst du *davon:* Er sagte, er kennt weder dich noch deinen Bruder.«

»Meinst du, das führt irgendwohin?«

»Es bringt mich auf jeden Fall auf die Idee, daß jemand lügt.«

»Und was meinst du, wer?«

»Du.«

Das überraschte sie. »Warum ich? Warum nicht Norman?«

»Zuerst einmal siehst du besser aus.«

»Oh, danke.«

»Und zweitens fährt Norman nicht jetzt gleich mit mir nach Port City, um ein Treffen mit einem gewissen einäugigen Herrn zu arrangieren.«

16

Rita sagte: »Ich weiß gar nicht, warum ich zulasse, daß du so mit mir sprichst.« Sie starrte das Telefon an, das vor ihr auf dem Tischchen stand. Die Gesichter auf den Postern an den Wänden meines Wohnwagens schienen genauso zu starren wie sie.

Ich brachte ihr eine kalte Dose Pabst und ein Glas und setzte mich neben sie auf die Couch. Ich füllte das Glas, drückte es ihr in die Hand. Sie nahm gierig einen Schluck. Ich lehnte mich zurück, trank in aller Ruhe meine Flasche leer. Dann sagte ich: »Los, ruf an.«

»Ich weiß nicht.«

»Was weißt du nicht?«

»Ich will nicht so gemein zu meinem Bruder sein.«

Wir hatten auf dem ganzen Weg von den Quad Cities darüber gesprochen, und obwohl ich sie noch nicht ganz für mich gewonnen hatte, war sie wenigstens einverstanden gewesen, den Streit bei mir zu Hause fortzusetzen. Ihre Haltung beruhte auf der Überzeugung, daß ihr Bruder Harold unfähig wäre, solche Dinge, wie ich sie ihr erzählt hatte, einer Frau wie Janet Taber anzutun, oder auch nur dabei zu helfen. Als ich den Vorfall im Busbahnhof als Gegenbeweis anführte, sagte sie, es könnte doch ein *anderer*, einen Meter neunzig großer, einäugiger Schwarzer gewesen sein; *ihr* einen Meter neunzig großer schwarzer Bruder spaziere nie mit einer leeren Augenhöhle herum; er trage immer eine Augenklappe.

Ich sagte: »Du bist doch damit nicht gemein. Du tust sogar etwas Gutes.«

»Hör auf, Mallory. Was weiß ein Einzelkind schon davon? Und ein Weißer weiß erst recht nicht, wie das ist.«

»Vorurteile verwirren Ihren hübschen Kopf. Gib mir mein Bier zurück.«

»Ich hab's ausgetrunken.«

Ich stand auf und holte eine neue Dose. Als ich zurückkam, hatte sie sich vorgebeugt und die Fingerspitzen auf den Hörer gelegt. Sie bemerkte meinen Blick, schreckte zurück. Ich füllte ihr Glas und setzte mich wieder neben sie. Wir tranken wieder und es vergingen einige Minuten, ohne zu sprechen, bis ich schließlich sagte: »Ruf ihn an.«

»Ich denk darüber nach.«

»Schön. Super.«

»Du glaubst, Harold hätte diese Janet getötet?«

»Das habe ich nicht gesagt.«

»Du hast erzählt, diese Janet . . . wie hieß sie noch?«

»Taber.«

»Janet Taber also; sie hätte sich den Hals gebrochen. Der Unfall wäre gar keiner gewesen, und jemand hätte ihr den Hals gebrochen.«

»Das ist nicht dasselbe, als würde ich sagen, dein Bruder hat sie getötet.«

»Aber du hast nicht ausgeschlossen, daß er es getan haben *könnte.*«

»Nun, ich glaube, wenn er in der richtigen Stimmung ist, könnte er jederzeit so etwas tun. Mit links. Und mit oder ohne Augenklappe.«

»Du bist ein Aas, Mallory. Weißt du denn gar nicht, was du da von mir verlangst?«

»Das kannst nur du wissen, Rita.«

»Mallory. Mal.«

»Ja?«

»Ich weiß nicht. Ich weiß es einfach nicht.«

»Rita – sieh's doch mal von dieser Seite. Angenommen, dein Bruder hat *wirklich* einen Menschen getötet. Würdest du dann nicht auch sagen, daß man etwas tun muß?«

»Es käme darauf an, wen er warum getötet hätte.«

»Sagen wir, es war eine Frau. Eine unglückliche junge Frau.«

»Hör auf, ich muß gleich heulen. Gleich erzählst du mir sicher wieder von dem Kind mit dem Herzfehler.«

»Okay, schon gut. Ich will dich nicht unter Druck setzen.«

»Warum mußt du gerade *mich* benutzen? Warum kannst du nicht einfach allein zum Haus des alten Norman fahren?«

»Das hatten wir doch schon.«

»Dann reden wir eben noch einmal darüber.«

»Normans Grundstück ist völlig abgeriegelt. Privatgrundstück, verstehst du? Wenn dein Bruder mich da oben erwischt wie einen Einbrecher – nach dem, was ich neulich mit ihm angestellt habe, wird er mich so klein zusammenfalten, daß ich in einen Schuhkarton passe. Und den Schuhkarton würde er dann Sheriff Brennan geben, der meine Überreste auf kleiner Flamme rösten würde.«

»Ich soll also den Puffer zwischen dir und Harold abgeben.«

»Ich hatte gehofft, daß du das tun würdest. Und du kannst uns ganz offiziell Zutritt verschaffen.«

»Aber wenn ich anrufe, soll ich ihm nicht sagen, daß du mitkommst?«

»Nein. Wir werden ihn überraschen. Mal sehen, was er sagt. Na, was meinst du?«

»Ich weiß nicht.«

»Verdammt!«

»Das ist nicht so einfach für mich.«

»Nun, dann denk noch eine Weile drüber nach, mehr will ich ja gar nicht. Wenn du dich dagegen entscheidest, bringe ich dich sofort nach Rock City zurück.«

Sie sah mich an – weiche Augen unter langen Wimpern. Sie berührte meine Wange, und ich begann, mich wie der gemeine Hund zu fühlen, der ich war. Ich schob den Arm um ihre Hüfte, küßte ihren Hals und sagte: »Hör mal, vergiß es, vergiß es! Ich krieg's schon irgendwie anders geregelt, oder vielleicht lasse ich es ganz.« Ich meinte es ehrlich.

»Aber . . . das ist doch auch nicht richtig . . . Mal?«

»Ja?«

»Versprichst du mir was?«

»Klar.«

»Du sollst unparteiisch bleiben – und niemanden voreilig verurteilen.«

Ich küßte ihr Ohr. »Ich gehe sogar noch weiter. Egal, was dein großer, schwarzer, einäugiger Bruder angestellt hat, ob er Babies gefressen oder Omas überfahren hat – egal was, ich werde erst mit dir sprechen und dich fragen, bevor ich was unternehme.«

»Und wenn ich sage, keine Cops?«

»Dann werden sie nichts erfahren.«

Sie glitt aus meinen Armen und legte die Hand auf den Hörer. »Danke, Mal.«

»Ich danke dir, Rita.«

Als sie den Hörer abnehmen und wählen wollte, klingelte das Telefon. Sie schrak zusammen.

Es klingelte noch einmal, sie lächelte, lachte nervös. Ich mußte auch lachen. Sie nahm ab und gab mir den Hörer.

»Mal?«

Es war John.

Ich sagte: »Na, wie war Loris Puter?«

»Ich mach grad Pause«, sagte er. »Ich hab mich einen Augenblick verdrückt, um dich anzurufen; ich hab's den ganzen Nachmittag immer wieder versucht, um zu sehen, ob du schon zurück bist. Wie war's?«

»Nicht schlecht. Warte, bis du siehst, was ich von da oben mitgebracht habe.«

Rita schubste mich mit dem Ellbogen, aber auf eine nette Art.

John sagte: »Hör mal, ich muß jetzt wieder an den Tisch, ehe gewisse Gäste unruhig werden. Ich weiß, daß du Brennan gestern abend und heute morgen erreichen wolltest. Er stopft sich gerade randvoll, und wenn du dich beeilst, kannst du ihn noch erwischen.«

»Ich komme gleich.« Ich ließ den Hörer auf die Gabel fallen.

Rita sah mich fragend an.

Ich sagte: »Endlich ist der Sheriff greifbar.«

»Willst du mit ihm reden?«

»Ja. Wartest du hier auf mich?«

Sie nickte mit weit geöffneten Augen.

»Dann kannst du noch über den Anruf nachdenken.«

»Okay, Mal.«

»Im Kühlschrank ist noch Bier, aber baller dir keinen an. Ich hab gehört, wie ihr loslegt, wenn ihr voll seid. Oder waren das die Indianer?«

»Mal?«

»Ja?«

»Bis du zurückkommst, habe ich angerufen. Entweder das, oder ich bin bereit, nach Hause zu fahren.«

Ich nickte. »So oder so.« Ich streichelte ihre Schulter, stand auf, schnappte meine Jacke und ging zu meinem Rambler hinaus.

17

Brennan hätte sich fast an seiner Stachelbeertorte verschluckt, als er mich hereinkommen sah. Er war als einziger noch beim Essen; John und Loris Mann Frank verfolgten das zweite Footballspiel des Tages. John blickte auf, als ich den Raum betrat. Er wollte aufstehen und zu mir kommen, aber ich bedeutete ihm, zu bleiben, wo er war. Lori zog einen der freien Stühle vom Tisch ab und bot ihn mir an. Ich setzte mich, und sie brachte mir einen Teller mit einem großen Stück Torte und einem riesigen Schlagsahneberg darauf.

»Oh, das ist aber nicht nötig«, sagte ich.

»Essen Sie's lieber, bevor Brennan wieder zuschlägt«, sagte sie. »Er ist gerade bei seinem dritten Stück.«

»Ich hab plötzlich keinen Appetit mehr«, sagte Brennan. Er stand auf und verschwand in der Küche.

Ich beschäftigte mich in aller Ruhe mit meinem Kuchen. John kam herüber, und ich erzählte ihm von Rita und von Stefan Norman. Dann bedankte ich mich bei Lori für den Kuchen, stand auf und suchte Brennan.

Er saß rauchend am Küchentisch. Er trug ein blaues Freizeithemd und hellbraune Hosen. Ohne seine Uniform wirkte er sehr unsicher.

Ich setzte mich zu ihm. »Haben Sie was gegen mich, Brennan? Ich werde das Gefühl nicht los, daß Sie mir ausweichen.«

»Ich habe eine Menge gegen Sie«, sagte er, während er nervös an seiner Zigarette zog. »Unter anderem auch, daß Sie eine verdammte Nervensäge sind.«

»Ich versuche seit gestern abend, Sie zu erreichen.«

»Das wußte ich nicht – ich wäre sonst in Windeseile gekommen.«

»Wollen Sie mir was über Phil Taber erzählen, oder spielen wir wieder Verstecken?«

»Sie spielen Ihre Privatspielchen, Mallory. Sie sind der Krimiautor, der Privatdetektiv spielt. Sie werden sich dabei die Finger verbrennen.«

»Was soll das heißen?«

»Mein Gott, Mallory! Es ist Thanksgiving. Kann denn ein Mann nicht einmal zu Thanksgiving etwas Frieden haben und seinen freien Tag bei seinen Verwandten verbringen?«

»Manchen Menschen bereitet man den Frieden auch zwangsweise.«

»Sie meinen, sie sterben. Ja, das kommt vor.«

»Manchmal werden sie auch getötet.«

»Und manchmal sterben sie bei Unfällen. Na bitte – Sie spielen wieder Ihr Spielchen, Mallory. *Sie* sind es, der spielt.«

»Erzählen Sie mir von Phil Taber.«

»Was soll mit ihm sein? Er ist in die Stadt gekommen, weil seine Frau tot ist. Er ist wieder fort. Was ist mit ihm?«

»Sie erzählten John, Sie hätten keinen Angehörigen gefunden, der die Erlaubnis zur Autopsie geben konnte, und Sie hätten die Genehmigung bei Gericht einholen müssen. Offenbar hat Phil Taber Ihnen die Erlaubnis gegeben, und nicht das Gericht.«

Brennan zuckte die Achseln.

»Warum haben Sie John angelogen?«

»Weil ich wußte, daß er es Ihnen erzählen würde, und

dann wären Sie hinter diesem armen Kerl hergerannt und hätten ihn gejagt und ihn in seiner . . . in seinem Kummer auch noch belästigt.«

»Kummer? Daß ich nicht lache. Sie meinen wohl, ich hätte herausgefunden, daß der Kerl Rauschgift nimmt.«

»Das war es nicht.«

»Warum haben Sie ihn nicht verknackt? Sie sind dafür bekannt, daß Sie mit solchen Typen nicht gerade zimperlich umspringen.«

»Ich will nicht behaupten, daß ich es nicht bemerkt habe, doch er kam aus einer anderen Stadt, er hat uns einen Gefallen getan, und es war eine sehr delikate Situation. Wir haben ihm gesagt, er sollte sauber bleiben, während er hier in der Stadt wäre, und er sollte am nächsten Morgen wieder verschwinden. Dann würde er keine Schwierigkeiten bekommen.«

Lori kam mit dem schmutzigen Geschirr aus dem Wohnzimmer in die Küche und stapelte es neben der Spüle. Brennan gab mir mit einem Blick zu verstehen, daß ich leise sprechen sollte.

Ich sagte: »Was ist mit Janet Tabers Mutter? Mrs. Ferris. Und sagen Sie nicht wieder: ›Was soll mit ihr sein?‹«

»Sie wurde gestern beigesetzt. Zusammen mit ihrer Tochter.«

»Beigesetzt?«

»Der Mann des Mädchens hat die Beerdigung draußen auf dem Greenwood Cemetery bezahlt. Es gab keine Feier, doch wie ich hörte, hat er eine recht stattliche Summe hinterlegt, damit die beiden schöne Steine bekommen.«

»Schöne Steine. Hat Phil Taber das alles arrangiert?«

»Er hatte viel Geld, er trug einen guten Anzug, und er schien, abgesehen von seinem langen Haar und dem Haschischgeruch, ganz in Ordnung zu sein. Natürlich ließ ich mich durch den guten Anzug nicht täuschen. Ich wußte, was los war. Er brauchte ein Bad.«

»Werden Sie den Tod der Mutter untersuchen?«

»Was meinen Sie damit?«

»Ich meine, daß Mrs. Ferris halb totgeschlagen wurde, ehe sie in ihrem Haus verbrannte.«

»Das hat das Mädchen erzählt. Ihnen. Für mich ist es Hörensagen.«

»Nehmen Sie mich nicht auf den Arm, Brennan. Janet weiß es von einem Arzt im University Hospital. Fragen Sie nach, dann haben Sie Ihre Bestätigung.«

»Warum sollte ich? Ich habe keine Lust, mit Gewalt alle möglichen Schwierigkeiten zu produzieren, wie gewisse Leute es anscheinend gerne tun. Wenn mir etwas auffällt, na gut, dann kümmere ich mich darum. Wenn nicht, ist es auch gut. Glauben Sie mir, ich hab genug mit den Dingen zu tun, die mir von selbst auffallen.«

»Mein Gott. Was ist mit dem Haus? Es war doch *Brandstiftung*, oder?«

»Der Feuerwehrchef sieht das anders. Chief Nelson und seine Leute haben gestern morgen alles untersucht und ein paar alte Zeitungen, Lumpen und alte Farbkanister auf der hinteren Veranda gefunden. Das ganze Gebäude war eine Zeitbombe, eins dieser alten Holzhäuser, wie sie vor fünfzig oder hundert Jahren gebaut wurden.«

»Brennan.«

»Ja?«

»Decken Sie jemand?«

Brennan kaute auf seiner Zigarette herum und blickte mich mißtrauisch an. »Ich will davon ausgehen, daß Ihre letzte Bemerkung nicht gefallen ist.«

»Dann muß ich sie wiederholen: Decken Sie jemand?«

»Bevor ich Sie auseinandernehme, Mallory, möchte ich gern noch wissen, wen ich decken soll.«

»Simon Norman vielleicht. Stefan Norman? Oder beide?«

»Ach, hören Sie auf.«

»*Sie* sollten aufhören. Es ist kein Geheimnis, daß die Normans seit langer Zeit die Kommunalpolitik im Griff haben; auf jeden Fall zu der Zeit, als Richard Norman noch lebte. Vielleicht auch heute noch. Auf jeden Fall das Geld der Normans.«

»Sie glauben Ammenmärchen. Wahrscheinlich haben Sie diese Geschichte gehört, daß der alte Norman an allen großen Unternehmen in der Stadt beteiligt sein soll. Das ist Mist, großer Mist ist das.«

»Ich war gestern abend bei Phil Taber.«

»Wie schön für Sie.«

»Er hatte fünf Tausender in der Brieftasche.«

»Wirklich?« Brennan versuchte, seine Überraschung zu verbergen, indem er seine alte Zigarette ausdrückte und sich eine neue anzündete. »Und?«

»Woher kann Phil Taber wohl die fünftausend haben?«

»Wie soll ich das wissen? Ich weiß nichts über ihn. Gestern sah ich ihn zum ersten und letzten Mal, und die Begegnung dauerte kaum länger als zehn Minuten.«

»Die Normans könnten es sich spielend leisten, sein Schweigen zu kaufen. Was sind für die schon fünftausend Dollar? – Was hat Phil Taber Ihnen in diesen zehn Minuten erzählt? Abgesehen davon, daß er Ihnen die Erlaubnis für die Autopsie gab?«

»Nichts.«

»Das glaube ich Ihnen nicht.«

»Na und? Seit wann sind Sie der Cop?«

»Ich versuche nur, Ihrem leuchtenden Beispiel zu folgen, Brennan.«

»Schon gut, schon gut. Er hat mir erzählt, seine Frau und ihre Mutter kämen nicht zurecht. Seine Frau wäre irgendwie verrückt, eine gespaltene Persönlichkeit, Sie wissen schon. Sie hätte immer das Kind und die Mutter geschlagen.«

»Also wurde die Mutter doch geschlagen? Warum verfolgen Sie es nicht aus diesem Blickwinkel?«

»Ein Grund ist so gut wie der andere. Sie wollen unbedingt Ihr großes Geheimnis lösen, was? Sie halten es nicht aus, wenn Sie nicht die Wahrheit herausfinden? Dann versuchen Sie's mal damit: Dieses Miststück, die kleine Taber, schlägt ihre Mutter, dann fährt sie zu ihrer Freundin, und während sie fort ist, bricht zufällig ein Feuer aus, und als sie zurückkommt, brennt das Haus lichterloh, und ihre Mutter ist noch drin, halb verbrannt und zusammengeschlagen. Dem Mädchen wird klar, was sie da getan hat, sie bekommt Schuldgefühle, betrinkt sich und stürzt die Klippe hinunter.«

»Sie hatte keinen Alkohol im Blut, Brennan, erinnern Sie sich?«

»Na gut, dann wollte sie später was trinken und hatte die Flasche schon im Wagen. Das ist doch trotzdem ein Hinweis auf ihre Verfassung, oder? Sie war deprimiert, bekam vielleicht Selbstmordgedanken und fuhr die Klippe hinunter.«

»Und so sehen Sie es?«

»Nein. Ich sehe gar nichts. Ich sehe einige Menschen, die bei Autounfällen starben, nicht mehr und nicht weniger. Daran ist nichts faul. Es war auch keine Brandstiftung. Der Hauptdarsteller ist tot, Schluß – aus. Fall erledigt.«

»Dann haben Sie die Ermittlungen abgeschlossen?«

»Ich hatte sie nie aufgenommen.«

»Sie hatte ein Kind.«

»Wer hatte ein Kind?«

»Ich hab es Ihnen schon erzählt. Janet Taber hatte ein Kind. Sie sagten gerade selbst, sie hätte ihr Kind geschlagen. Der Junge wartet im Osten auf eine Herzoperation. Was ist mit ihm?«

»Das ist Sache seines Vaters.«

»Sie meinen Phil Taber.«

»Genau. Der Kleine ist nicht schlimmer dran als eine Million anderer Kinder, die eine Niete zum Vater haben.«

Lori kam von der Spüle herüber, wo sie das Geschirr abgewaschen hatte, und sagte: »Mal? Kann ich Sie einen Augenblick sprechen?«

»Klar.« Ich blickte zu Brennan. »Entschuldigen Sie mich, Sheriff.«

Er paffte schweigend seine Zigarette.

Lori führte mich ins Wickelzimmer; es war ein kleiner Raum, doppelt so groß wie ein Wandschrank, mit blau gestrichenen, nicht tapezierten Wänden. Das Licht war ausgeschaltet. Ihr kleiner Junge, Jeff, schlief in seinem Bettchen, deshalb sprach sie nur flüsternd.

»Entschuldigen Sie bitte, daß ich gelauscht habe«, sagte sie. »Aber ich habe gehört, was Brennan über Janet sagte. Was er gesagt hat, was Phil Taber über Janet gesagt hätte.«

»Oh?«

»Ja. Ich hab heute morgen mit Annie Coe telefoniert, und wir haben über Janet gesprochen . . .«

»Wer ist Annie Coe?«

»Annie Coe ist ein Mädchen in meinem Alter. Janet war während der letzten Monate, seit sie wieder hierher gezogen ist, oft mit ihr zusammen. Sie ist geschieden, und sie und Janet hatten vieles gemeinsam. Sie ist die Freundin, bei der Janet in der Nacht war, als es brannte.«

»Und?«

»Ich hätte nicht erst Annies Bestätigung gebraucht, um sagen zu können, daß die Geschichte über Janets angebliche psychische Störung völliger Unsinn ist. Ich kannte Janet selbst gut genug, um sofort zu merken, daß es hinten und vorne nicht stimmt. Und was Annie mir erzählte, bestätigt meine Einschätzung. Janet war ihrer Mutter dankbar, weil sie ihr geholfen hatte, als es ihr so schlecht ging. Ich bin Mrs. Ferris, Janets Mutter, nie begegnet, aber nach allem, was Annie heute morgen gesagt hat, ist es sehr unwahrscheinlich, daß Janet sie geschlagen hat.«

»Was hat sie denn erzählt, Lori?«

»Sie kannten Janet ja selbst, Sie wußten, wie sie aussah. Sie war klein, fast zierlich. Annie sagte, sie muß nach ihrem Vater geraten sein. Annie erzählte mir, der einzige Grund dafür, daß Mrs. Ferris durch Feuer und Schläge nicht sofort umgekommen wäre, müßte mit ihrer Robustheit und Körpergröße zusammenhängen. Der einzige Grund dafür, daß sie fast überlebt hätte, war die Tatsache, daß sie eine große, gesunde, kräftige Frau war. Fast einsachtzig groß. Wer *die* Frau verprügeln wollte, mußte selbst ein kleiner Riese sein . . .«

18

Der Mond ließ sich wieder blicken, wenn auch nur als schmale Sichel, die immer wieder hinter den wie dunkler Qualm heranrollenden Wolkenmassen verschwand. Trotz der Dunkelheit konnte ich das Haus der Normans deutlich sehen. Die Wiese vor dem Haus war völlig frei von Büschen und Bäumen, und sie stieg zum Haus hin leicht an. Das Gebäude selbst war eine dunkle Silhouette mit scharfen Umrissen vor dem helleren Himmel. Es stand direkt an einem Abhang, der jäh zum Mississippi abfiel. Der Fluß reflektierte das schwache Mondlicht und beleuchtete die rohen, ungestrichenen Betonwände des Hauses der Normans.

Es sah aus wie eine maurische Festung, maßstabgerecht verkleinert und verändert von einem Architekten, der vergeblich Frank Lloyd-Wright nachgeeifert hatte; nicht unähnlich den Häusern, die in den dreißiger Jahren in kalifornischen Städten hochgezogen worden waren, obwohl der Stuck fehlte. Der erste Stock lag auf dem Erdgeschoß wie ein kleinerer Kasten auf einem etwas größeren; an den Seiten waren eingeschossige Flügel angebaut. Über dem Flachdach erhoben sich zwei dicke, wuchtige Türme. Ursprünglich hatte das Gebäude unten einen Rundfunksender und oben ein Penthouse beherbergt – an der Rückwand waren immer noch Abdrücke zu sehen, wo früher die gewaltige Sendeantenne befestigt gewesen war. Die vordere Wand, die dem Fluß zugewandte Seite, wurde von drei unregelmäßigen Fenstern durchbrochen; das Ganze sah aus wie ein Gesicht mit schiefen Zähnen. Oben, im ersten Stock, überblickte ein breites Panoramafenster den Fluß wie die Maske eines Schweißers.

Das Tor war nicht verschlossen, und Rita und ich fuhren die schmale Zufahrt bis zum Haus hinauf. Der Weg war von dichten, toten Büschen gesäumt, die ab und zu von skelettartigen Baumästen überragt wurden. Der Bewuchs gehörte zu einem Dickicht, das das Haus der Normans isolieren und inmitten eines dicht besiedelten Gebietes wie eine Insel abschirmen sollte. Diese Insel war Teil der seltsamen Übergangszone zwischen der Innenstadt Port Citys und East Hill – auf der anderen Straßenseite war ein Supermarkt, eine Tankstelle, ein Eisenwarenladen und eine Holzhandlung, und auf beiden Seiten des schützenden Dickichts standen Wohnhäuser der Mittelklasse. Der Weg bis zum Tor vor der

Normanschen Zufahrt hatte uns durch eine von Holzhäusern gesäumte Allee geführt.

Ich stieg aus, bevor wir das Dickicht hinter uns gelassen hatten, und ließ Rita das Steuer übernehmen. Sie fuhr dann allein zum Haus hinauf. Ich blieb im Gebüsch stehen und beobachtete, wie sie meinen Rambler auf die mit Kies bestreute freie Fläche vor dem Haus lenkte und an der Hintertür abstellte. Der Parkplatz war leer; dem Haus gegenüber, auf der anderen Seite der Kiesfläche, stand eine ungestrichene Betongarage, die einmal vor Jahren für drei Wagen gebaut worden war. Heute konnte sie, wenn man vorsichtig hineinfuhr, noch zwei aufnehmen.

Als Rita den Motor abgestellt hatte, wurde die Hintertür des Hauses geöffnet, und in dem hellen Rechteck tauchte ein großer Schwarzer auf, der rasch zu ihr herunterkam, um ihr aus dem Wagen zu helfen. Er trug einen gut geschnittenen, gut sitzenden Anzug und ein weißes, am Kragen offenes Hemd. Und eine schwarze Augenbinde über dem Loch, in dem einst sein linkes Auge gewesen war.

Harold Washington.

Mein alter Freund.

Sie umarmten sich, dann gingen sie Arm in Arm ins Haus.

Ich schlich mich vorsichtig an, hielt mich in der Deckung der Büsche und umrundete das Haus, bis ich die Klippe über dem Fluß erreichte. Dort bückte ich mich und beobachtete fünf Minuten das Haus. Dann kroch ich um den Seitenflügel herum und drang durch die Tür, die Rita und ihr Bruder benutzt hatten, in das Haus ein.

Rita hatte mir die Raumaufteilung beschrieben, so daß ich keine Mühe hatte, mich zurechtzufinden. Die Zimmertür ihres Bruders lag rechts; sie war geschlossen, doch ich hörte die beiden leise reden. Ich hatte mit Rita vereinbart, daß sie ihren Bruder eine halbe Stunde lang mit geschwisterlichem Tratsch beschäftigen sollte, um ihm dann zu sagen, daß sie noch jemand mitgebracht hätte. Ich hatte allerdings etwas anderes vor, und dafür war die kleine Täuschung notwendig.

Ich stand in einer schmalen Eingangshalle, die sich in der Höhe bis zur Decke des zweiten Stocks erstreckte. Die nackten Wände waren beige gestrichen, und das einzige Möbelstück war ein Kleiderständer neben der Tür. In der Mitte des Raumes lag ein winziger Läufer auf dem glänzend polierten Holz, in dem sich die Deckenlampe gelblich spiegelte. Die gegenüberliegende Wand war von einem Bogengang durchbrochen, der in einen größeren Flur mündete.

Ich betrat die Halle – die Decke war genauso hoch wie die des anderen Raumes – und orientierte mich. Hinter dem Bogengang lag das Wohnzimmer – groß, spärlich möbliert, fast wie eine Erweiterung der Eingangshalle. Es hatte mehrere große, unregelmäßig geformte Fenster ohne Vorhänge. Rechts führte eine steile Treppe ohne Geländer, die von beklemmend engen Wänden eingeschlossen war, in den ersten Stock.

Ich stieg die Treppe hinauf, tastete mit den Händen über die Wände, bis ich einen Treppenabsatz erreichte. Links war eine Tür. Ich drehte am Knopf. Die Tür war nicht verschlossen, und ich drückte sie vorsichtig auf und trat ein.

Der Raum nahm das ganze obere Stockwerk ein. Auch hier waren keine Teppiche verlegt, der Boden bestand aus nacktem, poliertem Holz. Auch die Wände waren kahl bis auf die Kaminimitation mit kunstvollen Holzschnitzereien, deren dunkler Umriß nicht in diese Welt aus mattem Beige paßten. Über dem Kamin hing das Bild eines würdig lächelnden Mannes in purpurnen Gewändern. Vor diesem Portrait stand eine silbern gerahmte

Fotografie auf dem Kaminsims. An der anderen Wand, wo das langgestreckte Fenster den Mississippi überblickte, war der Boden wie eine Bühne um zwanzig Zentimeter erhöht, und in der Mitte der Bühne, dicht vor dem Fenstersims, stand ein zerkratzter Schreibtisch. Die hintere Wand war interessanter: zwei Türen – durch eine war ich hereingekommen, die andere führte vermutlich zum Bad – und ein Bett. Es stand mit dem Kopfende zur Wand. Auf beiden Seiten sah ich überladene Nachttische, am Fußende einen Rolltisch mit einem tragbaren Fernseher. In dem Bett lag ein Mann.

Der Mann sagte: »Oh, hallo. Ich glaube, wir sind uns noch nicht begegnet.«

Er war alt. Die Bettdecke steckte straff unter seinen gerade und schlaff daliegenden, den Gliedern einer Bauchrednerpuppe ähnelnden Armen. Er war so alt, daß er bereits zu schrumpfen schien: Der graue Seidenpyjama war einige Nummern zu groß – ein Fallschirm, in dem sich der Mann völlig verlor. Die Hände waren wie Pergament, und in den hohlen Wangen hätte man Nippesfiguren aufstellen können. Sein Haar war weiß und lang, länger als meines, als machte er sich nicht mehr die Mühe, es schneiden zu lassen. Obwohl seine Gesichtszüge immer noch zeigten, daß er einmal sehr gut ausgesehen hatte, waren seine graublauen Augen, einst hypnotisch und durchdringend, trüb und verwirrt.

»Hallo, Mr. Norman«, sagte ich.

»Müßte ich . . . müßte ich Sie kennen, junger Mann?« Die Stimme klang voll – nicht so alt wie das, was ich vor ihm sah. »Das heißt, ich erinnere mich nicht, Ihnen schon einmal begegnet zu sein, aber Sie werden sicher verstehen, daß mein Kopf nicht mehr das ist, was er mal war.«

Neben dem Nachttisch stand ein Stuhl. Ich zog ihn ans

Bett und setzte mich. »Wir sind uns noch nicht begegnet, Sir«, sagte ich. »Entschuldigen Sie mein Eindringen, aber ich mußte Sie unbedingt sprechen.«

Er lächelte, und in dem Lächeln konnte man noch das strahlende Gaunerlächeln seiner besten Tage erkennen; im Gegensatz zu seinem Neffen Stefan war Simon Norman noch im Besitz seiner eigenen Zähne.

»Ich habe in den letzten Jahren nicht mehr viele Gäste empfangen«, sagte er. »Wie es jetzt steht, ist mir sogar ein ungebetener Gast willkommen. Wir haben ja Thanksgiving, und einen solchen Abend sollte man nicht allein verbringen. Wenn man die Zeit nicht mit Freunden oder Verwandten verbringen kann, dann muß eben ein Fremder genügen. Wie war Ihr Name?«

»Mallory«, sagte ich und gab ihm die Hand.

Sein Griff war fest, doch das Fleisch seiner Hand schien bereit, das sinkende Schiff zu verlassen. Seine Augen begannen etwas zu leuchten, als er fortfuhr: »Sie sind doch nicht gekommen, um mich umzubringen, Mallory? Ich hab doch nicht Ihre Mutter betrogen? Oder Ihre Großmutter? Habe ich Ihre Großmutter um ihre schwerverdienten Dollars betrogen, und Sie wollen mir diese Missetat heimzahlen?«

»Nein«, sagte ich. »Nichts dergleichen.«

»Ich muß Ihnen etwas gestehen – wenn Sie, nun, wenn Sie hier wären, um sich zu rächen, dann hätten Sie einen guten Augenblick gewählt. Sie hätten in mir ein bereitwilliges Opfer, denn ich war schon den ganzen Abend etwas melancholisch.«

Ich nickte. »Ich verstehe.«

»Nein, Sie verstehen nicht.« Er schob sich mühsam in eine sitzende Stellung hoch. »Sie glauben, ich meine *Schuld,* was? Nein, das ist es nicht, ganz und gar nicht. Oh, es war ein Fehler, es war schlimm, daß ich damals, in diesen schweren Zeiten, in meiner Klinik so hohe

Gebühren berechnet habe. Es *war* falsch, das gebe ich gerne zu. Können Sie da widersprechen? Hm?«

»Nein, ich glaube nicht.«

»Wissen Sie, ich war gar nicht der böse Schurke, für den Sie mich vielleicht halten, falls Sie den Politikern glauben. Wie die geredet und Richard in den Dreck gezerrt und alles falsch ausgelegt haben . . . Teufel! Ich hab den Menschen viel Trost gespendet, ist Ihnen das klar? Viele Menschen schöpften dank meiner Arbeit neue Hoffnung. Eine falsche Hoffnung, werden Sie vielleicht sagen, aber wie auch immer, für sie war sie real.« Er hustete. »Sie . . . ich hab nur ein Preisschild darauf geheftet und leider zu viel verlangt.« Er hustete wieder.

Ich nahm ein Päckchen Papiertaschentücher vom Nachttisch und gab es ihm. Er zog eins heraus, hustete hinein, knüllte es zusammen und warf es auf den Nachttisch.

»Die Leute waren mir sehr dankbar.«

Ich nickte.

»Sie können es nicht wissen, weil Sie damals noch nicht geboren waren. Sehen Sie den Schreibtisch da drüben am Fenster?«

Ich nickte.

»Gehen Sie rüber und sehen Sie sich an, was daraufliegt. Gehen Sie nur!«

Ich stand auf, ging durch den Raum und stieg auf die Plattform vor dem Fenster. Auf dem Schreibtisch standen gerahmte Fotos verschiedener alter Menschen, alle mit persönlichen Widmungen versehen: Danksagungen an Simon Norman. In der Mitte war das Prunkstück: ein Foto von Herbert Hoover mit der Unterschrift: »Alles Gute, Doc Sy!« Alle Schriftzüge bis auf die Hoovers stammten offenbar aus derselben Feder.

Ich ging zum Bett zurück und setzte mich.

»Was halten Sie davon?« sagte er.

»Beeindruckend.«

»Sind Sie überrascht?«

»Ja, das bin ich. Es scheint Ihnen jetzt besser zu gehen.«

Er lächelte, streckte einen Arm aus und klopfte mir auf die Schulter. »Ich rede gern mit Menschen in Ihrem Alter. Wissen Sie, wenn man den Abend eines Feiertages so allein verbringt, dann denkt man über vieles nach – über viele Menschen und Dinge, die man verloren hat. Ich habe meinen Sohn verloren, wußten Sie das? Vielleicht wäre er eines Tages sogar Präsident geworden. Und davor May Belle und jetzt . . .«

»Jetzt?«

»Sagen Sie, haben Sie das Bild auf dem Kamin gesehen?«

»Nein, nicht genau.«

»Gehen Sie rüber und sehen Sie's sich an.«

Ich stand wieder auf, ging zum Kamin und nahm das silbern gerahmte Foto vom Sims. Das purpurne Ölportrait lächelte zu mir herunter, während ich das Bild einer jungen Frau aus den dreißiger Jahren betrachtete: pummeliges Gesicht, große, leuchtende Augen, ein Kußmund und kleine schwarze Locken.

»Ihre Frau, Mr. Norman?«

»Sie war Tänzerin«, sagte er. Seine Stimme klang jetzt sehr leise, als wäre er in einem anderen Raum. »Sie hat nicht getanzt, sie ist geschwebt. Ich brachte im Winter einige Patienten nach Miami. Sie tanzte dort in einem Club – aber nicht im Ensemble, sondern als Solotänzerin. Alle liebten sie, aber sie kam mit mir und wir heirateten. Ah, Sie hätten unser Haus damals sehen sollen! Dicke weiße Teppiche, die neuesten Möbel, überall Spiegel. Sie mochte Spiegel. Da drüben stand unser Flügel, ein weißer Flügel; ich hatte einen Mann eingestellt, der ab und zu kam und spielte, damit sie tanzen konnte. Da drüben an der Wand war die Bar, mit allem gefüllt, was es zu kaufen gab . . . das Komische ist, daß sie an Krebs starb, wußten Sie das? Haben Sie eine Ahnung, wie es ist, wenn man versucht, anderen zu helfen, und es nicht schafft, einem Menschen zu helfen, den man liebt?«

»Mr. Norman.«

»Ja, äh . . . Mallory, so heißen Sie doch, ja?«

»Ja. Mr. Norman, vor einigen Tagen ist eine junge Frau namens Janet Taber gestorben. Wußten Sie das?«

Seine Augen trübten sich wieder, dann wurde sein Blick plötzlich hart. »Ja«, sagte er, »natürlich, das habe ich doch erwähnt, oder?«

»Nein, Sie haben es nicht . . . Ich . . .«

»Mallory. Mallory. Sie sind der Mann. Stefan hat mich Ihretwegen angerufen. Er sagte, ich sollte nicht . . .« Er beugte sich zum Nachttisch hinüber und drückte auf einen weißen Knopf.

Ich machte mir nicht die Mühe, mich zu bewegen. Fünf Sekunden später ging hinter mir die Tür auf, und ich mußte mich nicht umdrehen, um zu wissen, daß ein großer schwarzer Mann auf mich wartete.

19

Harold Washington sagte: »Ich mache Ihnen einen Vorschlag.«

Ich saß neben Rita im Zimmer ihres Bruders, im Erdgeschoß des Norman-Hauses, auf einer Couch. Rita schien nicht böse auf mich zu sein; besonders erfreut war sie allerdings auch nicht. Anscheinend empfand sie meinen kleinen Betrug eher wie den verbotenen Griff eines kleinen Langfingers in die Keksdose, denn als schlimmen Verrat. Ich hatte von meiner zweiten Begegnung mit Bruder Harold eigentlich etwas anderes erwartet; ich hatte damit gerechnet, daß ich noch froh sein konnte, wenn ich zum Schreien käme. Nun, es war vorbei, und es hatte kein Geschrei gegeben. Er hatte mich schweigend aus Simon Normans Zimmer geführt, die Treppe hinunter und in seinen Raum, wo Rita wartete. Und jetzt fragte Harold Washington höflich, ob er einen Vorschlag machen dürfte.

Ich zuckte die Achseln. »Bitte.«

Er sagte: »Ich muß gleich wieder rauf und Mr. Norman seine Medizin geben. Wenn Sie inzwischen hier warten wollen, kann ich Ihnen danach einige Fragen beantworten. Vorausgesetzt natürlich, Sie sind vorher bereit, meine Fragen zu beantworten.«

Ich schaffte es, zu nicken. Wo war der Zyklop, der Gorilla vom vergangenen Dienstag? Punjab, bist du's wirklich?

»Soll ich Ihnen auf dem Rückweg eine Tasse Kaffee mitbringen?«

Ich schaffte es, noch einmal zu nicken. Was war da bloß passiert? Hatte ich ihm im Wartesaal mit der Colaflasche menschliche Regungen eingeprügelt?

»Wie möchten Sie den Kaffee?«

»Äh, schwarz.«

»Rita?« fragte er.

»Nein, danke«, sagte sie. Sie schien verlegen, als wäre die Freundlichkeit und die unausgesprochene Vergebung ihres Bruders viel schlimmer als ein Wutausbruch.

»Gut«, sagte er. Er wandte sich um und ging schaukelnd wie ein großer zahmer Bär hinaus.

Ich sah mich in dem Raum um, der einen verblüffenden Kontrast zu dem sonst nur spärlich möblierten Haus bildete. Der Boden war mit einem dicken, braunen

Teppich ausgelegt, neben der Couch, auf der ich mit Rita saß, stand ein großer, dunkelgoldener Sessel, direkt vor uns ein Couchtisch. Die Tür war zu meiner Linken, und diese Wand war die einzige, die nackt geblieben und nur mit beiger Farbe gestrichen war. Die Wand hinter mir war mit Holz verkleidet, an der gegenüberliegenden Wand standen Holzregale, die nicht nur eine ansehnliche Bibliothek beherbergten, sondern auch eine Stereoanlage, Lautsprecher, Fotos von Rita und (wie ich vermutete) anderen Familienmitgliedern, die kleine, schön gestaltete Ebenholzfigur einer Großkatze und ein Stück Treibholz; das untere Drittel der Regalwand war mit Türen versehen, zwischen denen der Raum für einen großen Farbfernseher ausgespart war. An der mit braunem Stoff verhängten Rückwand stand ein Einzelbett, in der Ecke dahinter führte ein türloser Durchgang in einen begehbaren Schrank.

»Dein Bruder hat sich schön eingerichtet«, sagte ich.

»Versuchst du, um Schönwetter zu bitten?«

»Nein.«

Wir schwiegen einige Sekunden.

Sie sagte: »Warum nicht?«

»Warum was? Warum ich nicht um Schönwetter bitte? Weil du nicht böse auf mich bist.«

»Bin ich nicht?«

»Nein. Du weißt ja auch genau, daß es nichts nützen würde.«

»Das muß ich zugeben.«

»Und du weißt, daß meine Motive uneigennützig sind.«

»Du hörst auch nie auf, Scheiße zu labern, was?«

»Mir war gar nicht klar, daß ich es überhaupt tue.«

»Du hast recht.«

»Womit?«

»Mein Bruder hat sich's schön gemacht.«

»Ja.«

Washington kam zurück und drückte hinter sich die Tür mit dem Fuß zu, weil er in den Händen zwei Kaffeetassen balancierte. Er gab mir eine Tasse, stellte die andere auf den Couchtisch, zog einen Stuhl von der Wand und setzte sich. Obwohl er zu seinem Anzug keine Krawatte trug, wirkte er sehr korrekt. Der kahle Kopf und die fehlenden Augenbrauen schienen weniger furchteinflößend als vor zwei Tagen; er sah sehr friedfertig aus, fast wie ein Mönch. Der allesentscheidende Unterschied allerdings war die Augenklappe; sie war groß genug, um nicht nur die leere Augenhöhle, sondern auch die Narbe zu verdecken. Es war ein gewaltiger Unterschied: Der tobende Irre hatte sich in einen ruhigen, vernünftigen Gentleman verwandelt. Ja, er war wirklich ein ruhiger, verständiger Typ, wenn ich es auch nicht hatte glauben wollen.

»Mr. Norman bat mich, Ihnen seine Entschuldigung für sein Verhalten zu übermitteln. Er sagte, er hätte das Gespräch mit Ihnen genossen, und er hofft, Sie nicht vor den Kopf gestoßen zu haben.«

»Ganz und gar nicht. Schließlich bin ich ja bei ihm eingedrungen.«

»Das«, sagte er, während er zierlich am Kaffee nippte wie eine alte Dame an ihrem Tee, »das wäre ein guter Ansatzpunkt für ein Gespräch.«

Ich ließ mich nicht täuschen; ich wußte genau, daß er jeden Augenblick wieder versuchen könnte, mir Arme und Beine auszureißen.

Rita sagte: »Er sollte im Wagen warten, Harold. Ich wollte dir später sagen . . .«

»Das steht nicht zur Debatte«, sagte er. »Und ich interessiere mich auch nicht dafür, wie es ihm gelungen ist, dich zu überreden, ihn hereinzuschmuggeln. Ich bin sicher, daß er sich viel Mühe gegeben hat; aber wie auch immer, es ist geschehen – du hast ihn mitgebracht, und er ist da.« Er wandte sich wieder an mich. »Würden Sie mir jetzt erzählen, warum Sie hier herumgeschnüffelt haben?«

Ich sagte es ihm. Ich erzählte ihm, daß ich ihn vor zwei Tagen gesehen hätte, als er Janet im Busbahnhof so grob belästigt hätte. Ich sagte, daß ich sie in der gleichen Nacht in einem Auto unter dem Colorado Hill wiedergesehen hätte. Tot. Angeblich wäre sie betrunken gefahren, aber sie hatte nicht getrunken, und angeblich wäre sie durch den Aufprall gestorben, doch ihr Hals war gebrochen, und es hatte nach verdammt großen Händen ausgesehen. An diesem Punkt, erzählte ich ihm, hätte ich begonnen, herumzuschnüffeln. Ich hätte erfahren, daß Janet für einen gewissen Richard Norman gearbeitet hatte, der selbst bei einem Unfall am Colorado Hill ums Leben gekommen wäre. Der Sohn des Mannes, der oben im Bett lag. Für den ein gewisser Harold Washington arbeitete.

»Es muß Ihnen doch auch auffallen«, sagte ich, »daß es zwischen diesen Leuten und gewissen Ereignissen einige Zusammenhänge gibt.«

»Ich sehe die Zusammenhänge«, sagte Washington. »Ich verstehe nur nicht, was Sie damit zu tun haben.«

»Ich habe damit zu tun, weil ich Janet Taber mochte.«

»Dann kannten Sie sie gut?«

»Nein. Irgend jemand hat mir die Chance dazu genommen.«

»Und indem Sie hier herumschnüffeln und Simon Norman belästigen, hoffen Sie, diesen Jemand zu finden.«

»Vielleicht. Mir kam sogar der Gedanke, daß ich in diesem Augenblick mit diesem Jemand spreche.«

Rita regte sich unbehaglich.

»Mr. Mallory . . .« begann Washington.

»Nennen Sie mich Mal. Und wie soll ich Sie nennen? Harold oder Harry? Ich hab gehört, daß Ihre Kumpel Sie manchmal Einauge nennen.«

»Sie haben Nerven, das muß ich Ihnen lassen. Aber ich bin nicht so sicher, ob Sie auch Grips haben. Haben Sie wirklich geglaubt, ich hätte Janet Taber den Hals umgedreht?«

»Das werden Sie mir hoffentlich gleich sagen.«

»Ich hab's nicht getan. Aber wenn Sie mich jetzt fragen, ob ich traurig bin, daß sie tot ist, dann muß ich Sie enttäuschen. Es ist ganz gut, daß sie tot ist.«

»Es ist selten gut, wenn ein Mensch tot ist.«

Er hatte sich etwas ausgedacht, das er jetzt loswerden wollte.

Er sagte: »Diese Frau, die Sie nur wenige Minuten kannten, diese Frau, deren Andenken Sie nach ihrem Tod verteidigen wollen, war ein hinterlistiges, egoistisches, erpresserisches Miststück, und das sollten Sie besser wissen, ehe Sie noch mehr Zeit auf sie verschwenden.«

Rita sagte: »Hör auf, Bruderherz. War dieses tote Mädchen denn wirklich *so* schlimm? Du trägst ja ziemlich dick auf.«

»Sonst würdet ihr es mir nicht glauben«, sagte er. »Ihr würdet es mir nur glauben, wenn ich ausführlich erzählen würde, was sie mit Mr. Norman angestellt hat. Doch da ich sie ohnehin zum Schweigen bringen wollte, werdet ihr verstehen, daß ich euch genau die Informationen, die mit ihr gestorben sind, nicht gebe.«

Rita sagte leise, verletzt: »Du hättest also eine Menge Motive gehabt, Harold. Kein Wunder, daß Mal glaubt, daß du es getan hast.«

Ich sagte: »Er weiß, daß ich ihn nicht verdächtige, Rita.«

Washington lächelte und Rita sagte verwundert: »Oh?«

»Klar«, sagte ich. »Wenn er Janet Taber töten wollte, dann hätte er nicht im Busbahnhof diese brachiale Nummer abgezogen. Er wollte sie einschüchtern, aber nicht töten. Als die Einschüchterungstaktik nicht funktionierte, war es zu spät, sie umzubringen, selbst wenn er es gewollt hätte. Er war aufgefallen.«

»Also Nerven *und* Grips«, sagte Washington. »Sie haben recht. Ich hab meine Augenklappe abgenommen und bin runtergefahren, weil ich sie einschüchtern wollte. Ich wußte ja nicht, daß ihr ein weißer Ritter zu Hilfe kommen würde.«

So hatte seine Schwester mich kurz zuvor auch genannt.

Ich deutete mit einem Finger zur Decke. »Und das alles nur, um den alten Mann vor etwas zu beschützen?«

Er nickte. »Das war der Grund, und Sie haben abermals recht. Er *ist* ein alter Mann, ein trauriger, kranker alter Mann. Er hat für alle seine Fehler bezahlt und bezahlt und noch einmal bezahlt.«

»Sie können ihn leicht verteidigen. Sie werden auch von ihm bezahlt.«

»Ach, hören Sie auf, Mallory. Sie haben ihn doch gesehen und mit ihm gesprochen. Finden Sie, daß er boshaft ist? Ein gemeiner Hund? Hatten Sie Lust, ihn mit bloßen Händen zu erwürgen?«

»Natürlich nicht.«

Er beugte sich vor und fuchtelte ungehalten herum. »Er war gut zu mir. Ich bin seit zehn Jahren bei ihm, und er hat mir und meiner Familie geholfen. Was glauben Sie, wie Rita ihre Ausbildung bezahlt hat? Fragen Sie sie nach unseren beiden Brüdern, die jetzt noch auf dem College sind, und wer dafür bezahlt! Was glauben Sie, wie ich aus dem Ghetto und von den Bandenkriegen weg zu all den Büchern da drüben gekommen bin? Bevor ich zu ihm kam, konnte ich nicht mal richtig Englisch sprechen. Er hat das alles für mich getan.«

»Was ist mit den anderen Leuten, die er vor vielen Jahren ausgenutzt hat? Die, denen er nicht geholfen hat?«

»Hören Sie, ich weiß zufällig, daß er alle Familien, die er ausfindig machen konnte, entschädigt hat. Als er während der vierziger Jahre im Gefängnis war, wurden seine Akten vernichtet, doch er konnte sich an einiges erinnern, und verschiedene Leute nahmen von sich aus Kontakt zu ihm auf. Er hat zurückgezahlt, soviel er konnte.«

»Hat er Zinsen bezahlt? Hat er den Leuten einen Anteil seines Gewinns aus den Investitionen gezahlt, die er mit *ihrem* Geld getätigt hat?«

»Ich weiß gar nicht, warum ich mir mit Ihnen überhaupt noch die Mühe mache, Mallory. Sie sind wie alle anderen – Sie wissen wahrscheinlich nicht einmal, daß ein beträchtlich großer Teil des Gewinns der Unternehmen, an denen Mr. Norman beteiligt ist, in die Krebsforschung fließt. In die Krebsforschung und in einige andere Forschungsprojekte.«

»Ich nehme an, das ist die Aufgabe des Norman Fund?«

»Ja, aber dies alles hat nichts mit Ihrer toten Janet Taber zu tun.«

»Hat der Norman Fund Phil Taber ein Stipendium gewährt?«

»Wem?«

»Dem Mann der toten Janet Taber. Vielleicht war es ja auch eine Projektförderung für die Drogenforschung, denn er hat Drogen genommen. Ich habe ihn gestern kennengelernt. Jemand brachte ihn eiligst nach Port City, gab ihm mindestens fünftausend Dollar, und inzwischen wurde er vermutlich genauso eilig wieder fortgebracht.«

»Was? Was, zum Teufel, reden Sie da?«

»Jetzt beginnen *Sie* mit der ›Ich-hab-doch-keine-Ahnung‹-Masche. Das hat Stefan Norman heute nachmittag auch versucht.«

»Was?«

»Er leugnete, Janet Taber je gekannt zu haben. Er wußte angeblich nur, daß sie vor langer Zeit einmal für Richard Norman gearbeitet hatte. Und er hatte noch nie von Phil Taber gehört. Und wissen Sie was? Er leugnete, Sie zu kennen. Warum hat er das wohl getan?«

Washington stand auf und sagte: »Wahrscheinlich, weil er klüger ist als ich. Es war vernünftig von ihm, Sie nicht zu ermutigen. Und wenn es noch nicht zu spät ist, will ich aus Stefans Beispiel lernen. Ich möchte Sie bitten, jetzt zu gehen. Nehmen Sie bitte meine Schwester mit, ja?«

20

Ich schlich in mein Schlafzimmer und beugte mich über Rita, die in meinem Bett auf dem Bauch lag und schlief. Ich tastete auf dem Nachttisch nach den Lifesavers. Als ich sie gefunden hatte und mich wieder zurückziehen wollte, berührte ich sie. Sie rollte sich auf den Rücken und gab ein sehr erotisches kleines Grunzen von sich. Dann blickte sie schüchtern zu mir auf, zog die Decke hoch, um ihre Brüste zu bedecken, und sagte: ». . . äh . . . schläfst du noch nicht?«

Ich hatte das Licht nicht angeknipst, doch meine

Augen hatten sich nach einer schlaflosen Stunde auf die Dunkelheit eingestellt, so daß ich sie sehr gut sehen konnte. Ihre Kakaohaut sah aus wie weicher Samt. Wie die Haut auf einem retuschierten Foto.

»Ich wollte dich nicht wecken«, sagte ich. Ich war etwas verlegen, weil ich hier eingedrungen war; außerdem war ich verlegen, weil ich nur mit meiner Unterhose bekleidet war. Punkt.

»Schon gut«, sagte sie schläfrig.

»Willst du einen?« sagte ich, indem ich ihr die Lifesavers hinhielt. »Zitronengeschmack.«

»Nee«, sagte sie mit einem schiefen Grinsen. »Schlaf schön.« Sie rollte sich wieder auf den Bauch, und die Decke glitt über ihren nackten Rücken herab. Sie schlief schon wieder.

Ich wollte ihren Rücken streicheln. Ich wollte mich über sie beugen und sie küssen, mit der Hand über ihren Po streichen. Statt dessen zog ich ihr die Decke über die Schultern, stopfte sie fest, gab ihr einen Kuß auf den Nacken und flüsterte: »Schlaf schön«, doch sie hörte mich schon nicht mehr. Glaube ich.

Ich ging ins Wohnabteil zurück und ließ mich auf die Couch fallen, auf der ich mich für die Nacht eingerichtet hatte. Ich legte den Kopf auf die Armlehne und lutschte an meinem Lifesaver.

Vor einer halben Stunde hatte ich es endlich aufgegeben. Ich konnte nicht schlafen; in meinem Kopf drehten sich zu viele Gedanken. Ich hatte es geschafft, eine Weile alles beiseite zu schieben, als wir nach dem Abendessen gemütlich zusammengesessen und geschwatzt hatten. Wir hatten etwas Wein getrunken, und das war der Grund dafür, daß Rita bei mir schlief – ich wollte sie nicht angetrunken in die Cities zurückbringen. Ich glaube, wir wären beide nicht böse gewesen, wenn mehr geschehen wäre, doch wir ließen es nicht so weit kommen. Aber nun, da sie nebenan nackt schlief, fiel es mir schwer, die Augen zuzubekommen. Auch ohne die anderen Dinge, die mir im Kopf herumgingen.

Nach unserem Besuch bei ihrem Bruder hatten wir bei einem durchgehend geöffneten Supermarkt gehalten und eingekauft. In meinem Wohnwagen hatten wir uns dann ein Nachtessen bereitet: eine große Pfanne Bratkartoffeln mit Steaks und Salat. Zwischen uns schien eine unausgesprochene Übereinkunft zu bestehen: Wir wollten an diesem Abend nicht weiter über Janet Taber sprechen.

Beim Essen begann Rita jedoch, mir von ihrem Bruder zu erzählen. Es klang sehr beiläufig und locker, und obwohl sie Janet Taber nicht direkt erwähnte, war mir klar, daß sie versuchte, einige Lücken zu schließen.

Ihr Onkel, erzählte sie, hatte von den dreißiger Jahren an bis vor zehn Jahren für Simon Norman gearbeitet. Dieser Onkel war der »reiche« Onkel der Familie, denn er hatte den am besten bezahlten Job der ganzen Sippe. Als der Onkel aus gesundheitlichen Gründen seinen Job aufgeben mußte – er war fünfundsechzig und starb ein Jahr später –, empfahl er seinen Neffen Harold als Nachfolger. Obwohl Harold eine harte Kindheit hinter sich hatte (er hatte sein Auge tatsächlich bei einem Bandenkrieg verloren, wie Jack Masters gesagt hatte), akzeptierte Simon Norman die Empfehlung, denn Harold war sehr vielseitig, weil er eine ganze Reihe verschiedener Jobs gehabt hatte: Rausschmeißer in Nachtclubs, Gärtner, Schnellimbißkoch und Krankenhelfer. Die einzige Funktion, die er für Simon Norman nicht übernehmen konnte, war die des Chauffeurs, denn aufgrund des fehlenden Auges hatte er keinen Führerschein bekommen. Doch Norman ging zu jener Zeit ohnehin kaum noch aus.

Als Norman ihm den Job auf Probe gab, bemühte

Harold sich sehr ernsthaft, dem Vorbild seines »reichen« Onkels nachzueifern, und diese Bemühungen verkürzten ihm die langen Stunden in dem leeren alten Haus. Er begann sich zu bilden, indem er viel las und später Fernkurse belegte. Während er sich intellektuell entwikkelte, seit er für Norman arbeitete, fühlte er sich zunehmend isoliert und sozial eingeengt – das glaubte jedenfalls Rita. Sie sagte, er hätte sogar seine Besuche in verschiedenen Clubs in den Quad Cities eingestellt – wo er in Gesellschaft anderer Schwarzer die härteren Seiten seines weniger zurückhaltenden alten Selbst ausleben konnte –, nachdem Norman vor etwa einem Jahr einen Schlaganfall erlitten hätte. Er war auch nur selten in Port City zu sehen, denn alles Nötige wurde ins Haus geliefert. Ab und zu, in großen Abständen, fuhr er nach Roc Island, um Rita zu besuchen. Eine Zeitlang hatte er in den Cities eine Freundin gehabt, doch die Beziehung war kurz nach Normans Schlaganfall in die Binsen gegangen.

Ich war zu ungeduldig, um noch weiter auf dem Lifesaver herumzulutschen. Ich biß kräftig hinein, zerkaute das Bonbon und schluckte es hinunter. Ich hatte einen unangenehmen Geschmack im Mund; teilweise von dem süßsauren Lifesaver, teilweise, weil ich mir seit einem Jahrzehnt oder so nicht mehr die Zähne geputzt hatte. Ich stand auf, um einen Schluck Wasser zu trinken.

Obwohl ich nicht geschlafen hatte, brauchte ich einen Augenblick, bis ich mein Gleichgewicht gefunden hatte. Ich reckte mich, daß die Bandscheiben knackten, und plötzlich war ich hellwach – viel wacher als sonst, wenn ich einmal nicht schlafen konnte. So wach, daß ich glaubte, Wasser würde nicht reichen. Vielleicht wäre ein Glas Orangensaft das Richtige. Ich ging in die Küche. Meine Augen hatten sich so gut an die Dunkelheit angepaßt, daß ich mir kein einziges Mal die Zehen stieß. Ich nahm eine Flasche Pabst aus dem Kühlschrank.

Dann setzte ich mich wieder auf die Couch, starrte die Tür an und trank mein Bier, die Füße bequem auf dem Tisch. Als ich die Flasche halb geleert hatte, wurde ich zum ersten Mal in dieser Nacht wirklich müde. Mein Blick trübte sich, die Lider fielen herab, und einen Augenblick glaubte ich sogar, der Türknopf hätte sich gedreht. Gedreht?

Junge, wenn sich leblose Gegenstände plötzlich bewegen, dann bist du kurz vorm Einschlafen, oder du schläfst schon und träumst. Ich wollte gerade die Augen ganz schließen, als die Tür aufging. Ich war wieder wach.

Ich rührte mich nicht.

Es war dunkel. Wer auch immer da eindrang, er würde nicht damit rechnen, daß ich hellwach war und meine Augen auf die Dunkelheit eingestellt waren.

Er war groß. In der Tür stand eine riesige Gestalt, die mit den Schultern den Rahmen fast ausfüllte. Aber ich konnte nicht erkennen, wer es war; ich sah nur einen massigen, schwarzen Umriß, der von den Straßenlaternen und dem Halbmond beleuchtet wurde.

Ich blieb reglos sitzen. Ich war sicher, daß er mich nicht sehen konnte. Er steckte etwas in die Tasche – vielleicht den Dietrich oder das Einbrecherwerkzeug, mit dem er die Tür geöffnet hatte.

Eins wußte ich: Es war weder John noch Brennan oder sonst ein mehr oder weniger guter Freund, der mir eine Überraschung bereiten wollte. Der Mann war sogar für Brennan zu groß und zu breit, und in der vorsichtigen, methodischen Art, wie er hereingeschlichen kam, war nichts Komisches. Es war eine ernsthafte, tödliche Bedrohung.

Er trat ins Wohnzimmer, schloß hinter sich sachte die Tür und hob eine Stablampe. Er schaltete sie ein und leuchtete in den Gang, der den Wohnraum mit dem Schlafzimmer verbindet.

Ich nahm leise die Füße vom Tisch, als balancierte ich rohe Eier auf den Zehenspitzen.

Er bewegte sich langsam auf den Verbindungsgang zu, die freie Hand zur Faust geballt wie ein Stein, den er jemand auf den Kopf schmettern wollte.

Ich warf die Bierflasche in seine Richtung und erwischte ihn am Ohr.

Er taumelte gegen die Wand und ging in die Knie. Die Taschenlampe rollte davon, und ich warf mich im Dunkeln auf ihn und bekam ein Knie in den Bauch. Ich prallte zurück, fiel gegen den Tisch und kroch zur Seite, um Atem zu schöpfen. Er folgte mir.

Er war nicht wie ich an die Dunkelheit gewöhnt, und er wußte nicht, wo der Lichtschalter war, so daß er meinen Vorteil nicht ausgleichen konnte. Ich krabbelte auf Händen und Knien zur Küche, während er noch die Taschenlampe suchte, die ausgegangen war, als er sie fallengelassen hatte.

Dann schnitt der Strahl wie eine Messerschneide durch den dunklen Raum. Ich kauerte mich in eine Ecke der Küche und dachte fieberhaft nach. Ich schob meine Hand an der Holzverkleidung zur Spüle hinauf und tastete. Ein Glas, die fettverschmierte Pfanne mit den Bratkartoffeln. Ich nahm die Pfanne und das Glas vorsichtig, geräuschlos aus der Spüle und umklammerte sie wie einen Schatz. Ich wog die Pfanne in der Hand; sie war nicht so schwer, wie ich es gerne gehabt hätte, aber immerhin war sie aus Eisen und würde wohl ausreichen. Ich beobachtete den suchenden Lichtstrahl, dann zielte ich so gut ich konnte, warf das Glas in seine Richtung und hieb ihm die Taschenlampe aus der Hand. Dann lauerte ich mit erhobener Bratpfanne darauf, daß er mich angreifen würde.

Plötzlich wurde es blendend hell.

Rita stand, eine Hand noch auf dem Lichtschalter, im Flur. Sie bot einen tollen Anblick: ein wunderschönes nacktes braunes Mädchen mit zerzaustem schwarzen Haar und braunen Brustwarzen und . . .

Und zwischen uns stand ein großer weißer Mann und starrte sie mit offenem Mund an.

Der Augenblick reichte mir. Ich knallte ihm die Pfanne auf den Schädel.

Für einen so großen Mann ging er erfreulich schnell zu Boden. Er schlug noch einmal mit dem Kinn auf und setzte sich für die nächste Zeit selbst außer Gefecht. Rita stürzte auf mich zu, sprudelte Fragen heraus, doch ich brachte sie zum Schweigen. Dann sagte ich ihr, sie sollte eine Krawatte aus meinem Schrank holen, und sie verschwand und war nach vier Sekunden wieder da. Ich fesselte ihm die Hände hinter dem Rücken. Aber ich brauchte mir keine Sorgen zu machen. Er würde vorläufig nicht wieder zu sich kommen.

Ich drehte ihn auf den Rücken. Oder besser, ich versuchte es, und als ich ihn allein nicht herumbekam, weil ich noch außer Atem war, bat ich Rita um Hilfe.

»Was hat das alles zu bedeuten, Mal?« wollte sie wissen. Sie war so verblüfft, daß sie noch gar nicht daran gedacht hatte, sich etwas anzuziehen; ich war so sehr schockiert, daß ich nicht einmal daran dachte, hinzusehen.

»Das weiß ich auch nicht genau«, sagte ich. »Aber es ist sicher, daß dieser Typ nicht zum Kaffeetrinken gekommen ist.«

Dann fiel mir etwas ein. Ich durchsuchte ihn rasch und fand eine kleine, kompakte Automatik. Blaues Metall, ein Perlmuttgriff – das Ding sah aus wie diese kleinen Waffen, die Frauen manchmal in der Handtasche haben.

Als Rita die Pistole sah, schluckte sie. »Was willst du jetzt tun?«

»Ich werde meinen Freund John anrufen und dafür sorgen, daß sein dämlicher Stiefvater hier antanzt. *Das* hier kann dieser Faulpelz von Brennan bestimmt nicht mehr übersehen.«

»Soll ich mich anziehen?«

Ich grinste. »Ich würde mich freuen wie ein Schneekönig, wenn du's lassen würdest, aber ich glaube, Brennan wäre überfordert.«

Sie erwiderte mein Grinsen und zog sich leicht verschämt an, was ich ihr nicht abkaufte. »Du hast einen ganz schönen Schwung am Leib«, sagte sie.

»Und du hast . . . zieh dich an.«

Ich ging zum Telefon und wählte.

John meldete sich schlaftrunken.

»Thanksgiving ist vorbei,« sagte ich. »Schmeiß Brennan aus dem Bett und schick ihn zu mir. Jemand ist gerade eingebrochen; ich hab ihn mit der Bratpfanne kaltgestellt.«

»Hä?«

Ich erklärte es ihm noch einmal, und diesmal verstand er es. Ich fügte noch hinzu, daß ich den Burschen zwar nicht getötet, daß ich aber ganz schön zugelangt hätte und es vermutlich eine gute Idee wäre, einen Arzt mitzubringen.

»Wer ist es? Der einäugige Schwarze?«

»Nein.«

»Wer dann, verdammt? Kennst du ihn?«

»Ja«, sagte ich, indem ich rasch zu dem selig träumenden Einbrecher blickte. Er trug einen gelben Pullover und eine senffarbene Hose. »Er heißt Davis.«

TEIL 4

Freitag, 29. November 1974

21

Ich stand vor dem Krankenzimmer an die Wand gelehnt; die Kälte der Kacheln erzeugte in meinem Nacken eine Gänsehaut. Ein paar Schritte weiter, am Aufzug, marschierte Brennan im kleinen Besuchsraum auf und ab und warf jedesmal, wenn er daran vorbeikam, dem ›Rauchen-verboten‹-Schild einen bösen Blick zu. Er drehte die Krempe seines Stetsons in den Händen wie ein Beweisstück, aus dem er nicht schlau wurde. Dann trat er an eins der Fenster, die dem Aufzug gegenüberlagen, und starrte in die morgendliche Schwärze hinaus.

Ich ließ ihn in Ruhe. Ich setzte mich auf eine Couch; ich war einfach zu müde, um mich auf das naheliegende Spiel einzulassen: »Ich hab's Ihnen ja gleich gesagt.« Brennan kochte sowieso schon; es hatte keinen Sinn, ihn noch weiter zu reizen. Es war schwer zu sagen, ob er wütend war, weil ich trotz seiner Ermahnung weitergeschnüffelt hatte, oder ob es daran lag, daß er nicht begeistert davon war, daß er am frühen Morgen wegen eines Einbrechers geweckt worden war. Er hatte mir mehrmals zu verstehen gegeben, daß ich ja auch die städtische Polizei hätte anrufen können.

Aber er war selbst gekommen, und bisher hatte er keine Anstalten gemacht, die Ortspolizei anzurufen. Ich machte mir einige Gedanken über die Gründe, die er dafür haben mochte.

Ich gähnte. Meine Augen fühlten sich an wie Steine.

Ein paar Minuten vergingen, und schließlich verließ Brennan das Fenster und schritt wie ein werdender Vater vor der Sitzbank, auf der ich saß, auf und ab.

Die Sitzbank stand im Warteraum vor dem Aufzug, den ich gerade anstarrte, während Brennan immer wieder mein Blickfeld durchquerte. Noch einige Minuten vergingen, und ich begann einzunicken. Dann glitt die Aufzugstür auf – es kam mir vor wie ein Effekt in einem billigen Science-Fiction-Film –, und ich fuhr hoch. Es war John, der mühsam drei Flaschen Cola in einer und eine Tüte Doughnuts in der anderen Hand hielt. Er trat aus dem Aufzug und setzte sich neben mich. Ich nahm ihm die Tüte ab, damit er die Flaschen sicher auf den Boden stellen konnte. Brennan vergaß augenblicklich seine Wut und schloß sich dem gemeinsamen Mahl an.

Es gab zwei Doughnuts pro Nase, und ich hatte gerade meinen ersten gegessen und Brennan hatte seinen zweiten in Angriff genommen, als er innehielt und mit vollem Mund sagte: »Dieser Davis.«

John sah ihn an und sagte: »Was ist mit ihm?«

Brennan wiederholte: »Dieser Davis«, und schluckte den Bissen, den er im Mund hatte, herunter.

»Ja«, sagte ich. »Was ist mit ihm?«

»Ich kenne ihn.«

»Woher denn?«

»Oder besser, ich hab von ihm gehört.«

»Wo denn?«

»Aus den Cities. Er hätte da mit einigen Dingen zu tun gehabt.«

»Mit welchen Dingen?«

»Oh, Sie wissen schon, harte Sachen. Erpressung.«

»Er ist also Erpresser.«

»Ja.«

»Warum tut er das, Brennan?«

»Er tut es eben, fertig. So ist das Leben. Manche Leute

erben ihr Geld nicht, Mallory. Manche Leute müssen sehen, wie sie ihre Brötchen verdienen – aber davon verstehen Sie ja nicht viel.«

»Sie meinen also, er war ein Ganove.«

Brennan zuckte die Achseln.

»Ein von den Normans bezahlter Gauner«, ergänzte ich.

»Das habe ich nicht gesagt. Die Geschichten, die ich über Davis gehört habe, stammen aus einer Zeit, als er noch für eine Bande in den Cities gearbeitet hat.«

»Was für eine Bande in den Cities? Ich hab noch nie von einer solchen Bande gehört.«

»Da oben gibt's doch illegale Spielhallen, oder? Nun, Davis ist doch geradezu ein Drehtür-Krimineller, so oft war er drin, und er hat seinen früheren Job verloren, weil er lange Finger gemacht hat.«

»Seit wann arbeitet Davis für die Normans?«

»Hören Sie, das ist *Ihre* Idee – bisher können wir das nicht als Tatsache betrachten.«

»Was hat er dann gestern bei Stefan Norman gemacht?«

»Puter gegessen, wie Sie sagten.«

»Ach, hören Sie auf!«

»Ich weiß nur eins: Wenn Davis je für die Normans gearbeitet hat, muß es zu einer Zeit gewesen sein, als Richard seinen Wahlkampf für den Kongreß führte.«

»Wie kommen Sie darauf?«

»Nun, die hatten damals alle Hände voll zu tun, den Dreck aus den Zeitungen zu halten, der über den alten Norman ausgegraben wurde. Sie kennen ja die Presse. Die wollten Richard anschwärzen, indem sie die Vergangenheit des Alten gegen den Sohn verwendeten. Wirklich, ein schmutziger Trick.«

»Wirklich, ein schmutziger Trick. Ich hoffe, Davis hat die Leute überzeugt.«

»Hören Sie, Mallory, ich kann da nicht sicher sein – es ist etwas, das ich nur vermute.«

»Warum sind Sie plötzlich so hilfsbereit?«

»Es gibt keinen besonderen Grund dafür.«

»Mann, ich hätte fast vergessen, was für ein netter Mensch Sie sind.«

Brennan leerte die halbvolle Flasche Cola, die vor ihm stand, mit mehreren gierigen Schlucken, dann zuckte er die Achseln. Er sagte: »Na gut, Mallory, ich will ehrlich sein. Sie sind der Freund meines Sohnes und ich glaube, ich bin in letzter Zeit ein wenig unsanft mit Ihnen umgesprungen. Also werde ich es ein für allemal wiedergutmachen. Sie hatten neulich recht – ich *habe* . . . nun, ich hatte die Normans tatsächlich gedeckt.«

John ließ das letzte Viertel seines Doughnut auf den Boden fallen. Er sah seinen Stiefvater bestürzt an.

Brennan verzog das Gesicht und wandte sich von seinem Stiefsohn ab. »Teufel, tut nicht so selbstgerecht. Niemand zwingt mich, es euch zu erzählen.«

»Erzählen Sie«, sagte ich.

»Von wegen, *erzählen Sie!* Die Normans sind heute immer noch sehr einflußreich, und das ist alles. Sicher, sie sind seit Richards Tod nicht mehr aktiv wie früher, doch sie kontrollieren nach wie vor die Politik des Countys mit ihrem Geld. Die Normans geben ihr Geld nur einem Kandidaten, der ihnen paßt. So einfach ist das. Was glaubt ihr denn, wie ich so lange Sheriff bleiben konnte? Ich bin seit mehr als zwölf Jahren im Amt, und ich bin immer wiedergewählt worden.«

»Aber dies ist ein republikanisches County«, sagte John. »Das war es schon immer. Du hättest keine Probleme, hier gewählt zu werden, weil das sowieso deine Richtung ist.«

»Zuerst mal muß man *aufgestellt* werden, Junge. Das hat nichts mit Republikaner- oder Demokratsein zu tun –

das ist überall dasselbe. Und ich sage dir, die Normans kontrollieren die Politik in diesem County.«

Ich sagte: »Und als Gegenleistung erwarten sie, daß Sie ihnen ab und zu einen Gefallen tun.«

»Richtig. Ist doch normal.«

»Normal«, sagte John tonlos. »Es ist ganz normal, Mörder zu decken.«

»Ach, hör doch auf mit Mördern! Wo hast du das bloß her? Stefan Norman hat nur gesagt, ich sollte bei dieser Janet Taber nicht so genau hinsehen. Er erklärte mir, das Mädchen hätte eine Erpressung versucht, aber ihr Plan wäre gescheitert, und sie hätte sich aus Reue vom Colorado Hill gestürzt. Stefan sagte, wenn um das Mädchen zuviel Wirbel gemacht würde, könnten die Normans hineingezogen werden, und die Dinge könnten außer Kontrolle geraten . . .« Er zuckte die Achseln, offensichtlich verlegen.

»Womit hat Janet Taber sie erpreßt?« fragte ich.

Er deutete mit einem Finger auf mich. »Ich bin sicher, daß alles ein ausgemachter Schwindel war. Sie hat die ganze Sache frei erfunden.«

»*Welche* Sache?«

»Ich habe versprochen, es für mich zu behalten.«

»Sie meinen, Sie haben es Stefan versprochen.«

»Drängen Sie mich nicht, mehr zu sagen. Wenigstens nicht in diesem Augenblick.«

John schaltete sich ein. »Dränge nicht weiter, Mal. Siehst du nicht, daß er ein prinzipientreuer Mann ist?«

Brennan ignorierte den Sarkasmus. Er sagte: »Ich wollte nur, daß ihr beide wißt, daß ich ab sofort ermitteln werde. Sie hatten recht, Mallory, und ich habe mich geirrt: beim Tod der Taber war möglicherweise wirklich etwas faul. Aber jetzt, da ich *drin* bin, seid ihr *draußen*.«

»Und Sie werden damit anfangen«, sagte ich, »daß

Stefan Norman mir jetzt diesen Davis auf den Hals gehetzt hat?«

»Wer sagt, daß Stefan ihn geschickt hätte?«

»Oh, Brennan!«

»Sie unterstellen da eine ganze Menge, Mallory. Deshalb sind Sie auch mit Ihrer stümperhaften Ermittlung nicht weit gekommen.«

»Es wäre schön, wenn Sie was rauskriegen.«

»Keine Sorge«, sagte Brennan. Er klatschte sich auf die Knie wie ein Weihnachtsmann im Kaufhaus, der das nächste Kind zu sich ruft. »Ich sehe es so: Wenn die Normans Geheimnisse haben, die sie auf diese Weise bewahren wollen, na gut. Aber wenn diese Geheimnisse mit Verbrechen zu tun haben – zum Beispiel mit einem Einbruch bei Ihnen und mit dem Tod der Taber, der im nachhinein betrachtet auch zu stinken scheint –, dann . . .« Er hielt inne, setzte ein breites Grinsen auf. »Dann können Sie sicher sein, daß hier bald der Teufel los ist.«

Wenn mich das beruhigen sollte, hatte es seine Wirkung verfehlt. Und Brennan hatte sich auch bei seinem Stiefsohn nicht sehr beliebt gemacht: Johns Gesicht war kreidebleich, und er starrte seinen Stiefvater mit kalten Augen an.

Die Tür zu Davis' Zimmer wurde geöffnet, und wir standen auf und sahen dem Arzt entgegen, der zu uns kam. Er war mittelgroß und hatte blonde, lange Haare und eine Nickelbrille. Er trug ein Klemmbrett aus Aluminium; er trug es, als wäre es ein sehr schwerer Gegenstand. Er wäre in diesem Augenblick sicher gern irgendwoanders gewesen, nur nicht um drei Uhr morgens im Krankenhaus Port Citys.

»Kann ich ihn jetzt mitnehmen, Doc?« fragte Brennan.

»Wir behalten ihn besser hier«, sagte der Arzt.

»Etwas Ernstes?« Brennan warf mir einen raschen Blick zu.

»Wir haben einigen Grund zu dieser Annahme Wahrscheinlich ist es nur eine leichte Gehirnerschütterung, aber wir müssen ihn gründlich untersuchen.«

Ich sagte: »Kann ich mit ihm sprechen?«

»Sie können es versuchen. Das heißt, wenn der Sheriff einverstanden ist. Aber Sie werden wohl nicht viel Glück haben.«

»Warum nicht?« fragte Brennan, während er ungeduldig von einem Fuß auf den anderen trat.

»Tja«, sagte der Arzt seufzend, »das ist einer der Gründe dafür, daß wir ihn mindestens über Nacht hier behalten wollen. Sehen Sie, er ist bei Bewußtsein, aber er sagt kein Wort. Sie können ihm erzählen, was Sie wollen, er antwortet einfach nicht.«

»Was hat das zu bedeuten?« fragte ich. »Schock?«

»Gedächtnisverlust?« fragte Brennan.

Der Arzt kicherte und sagte: »Ich bezweifle es, aber es ist möglich, daß er aus irgendeinem Grund einen Gedächtnisverlust simuliert – vielleicht hat er dieselben alten Spielfilme gesehen wie Sie, Sheriff.«

»Wenn er sich nur verstellt . . .« Brennan wollte losstürmen.

Der Arzt hob die Hände und hielt ihn auf. »Rufen Sie am Nachmittag noch einmal an. Schicken Sie am besten jemand vorbei, der seine Zimmertür bewacht.«

Brennan nickte.

Der Arzt erwiderte das Nicken, drehte sich um und trottete davon.

Brennan sagte: »Ich geh runter und ruf den Polizeichef an und sage ihm, er soll einen Mann schicken. Wenn wir sowieso schon zusammenarbeiten müssen, dann kann ich die Situation auch zu meinem Vorteil nutzen « Er wandte sich an John. »Behalte diesen Davis im Auge, bis ich zurückkomme.« Dann blickte er zu mir, noch einmal zu John und fügte hinzu: »Und sorge dafür, daß *er* nicht reingeht, ja? Vergiß nicht, daß *ich* die Sache jetzt in der Hand habe, Junge.«

Wir sahen Brennan nach, bis er im Aufzug verschwunden war. Als er fort war, setzte John ein Pokergesicht auf. Dann deutete er mit dem Daumen in die Richtung des Krankenzimmers und sagte: »Geh rein und sieh zu, was du aus ihm rauskriegen kannst.«

Davis starrte die Decke an. Das Kopfteil seines Bettes war flach heruntergelassen. Seine langen Arme lagen vor ihm wie die Äste eines toten Baumes; seine Haut war fast so weiß wie die Krankenhauskleidung, die er inzwischen trug. Als ich eintrat, war ihm nicht anzusehen, daß er mich wiedererkannte; sein Gesicht verriet nichts. Auf einer Wange hatte er eine dunkelviolette Quetschung, auf dem Kopf, mitten in dem dünnen, blonden Haar, war eine dicke Beule, die von meiner Bratpfanne stammte. Das war aber auch schon alles an ihm, was entfernt komisch wirkte; ansonsten hätte man ihm einen Spiegel vor die Lippen halten müssen, um am Hauch zu sehen, ob er überhaupt noch lebte.

»Davis.«

Ich kurbelte das Kopfteil hoch, bis er saß. Seine Augen blieben geöffnet und starrten ins Leere. Er rührte sich nicht.

»Davis«, sagte ich. »Warum sind Sie bei mir eingebrochen?«

Es war, als hätte ich versucht, mit einer Figur im Wachsfigurenkabinett zu sprechen. Sein Gesicht blieb ausdruckslos, seine Augen bewegten sich nicht. Kein Zucken, kein Blinzeln.

»Was hat Stefan Ihnen gesagt, was Sie mit mir machen sollten, Davis? Sollten Sie mich umbringen?«

Keine Bewegung, kein Zucken, kein Blinzeln.

»Haben Sie Janet Taber getötet, Davis? Hat Stefan Ihnen befohlen, sie zu töten?«

Keine Bewegung, kein Zucken, kein Blinzeln.

»Haben Sie ihr mit bloßen Händen den Hals gebrochen? Sie hatte keinen sehr kräftigen Hals. Haben Sie in ihrem Auto Schnaps verschüttet und sie hineingesteckt und den Wagen vom Colorado Hill gestürzt? Haben Sie das alles getan, Davis?»

Keine Bewegung, kein Zucken, kein Blinzeln.

»Ich werde es herausfinden«, sagte ich. »Sagen Sie es Stefan, wenn er Sie besuchen kommt. Wenn Stefan nicht kommt, dann sagen Sie es dem Anwalt, den er schickt. Er soll es Stefan übermitteln.«

Dann bewegte er sich. Sein Gesicht zuckte etwas, und er blinzelte.

Er krümmte einen Finger und bedeutete mir, näher zu kommen.

Ich blieb, wo ich war.

Er sprach; es war nur ein Flüstern wie bei einem Menschen mit einer schlimmen Kehlkopfentzündung. Ich konnte nicht verstehen, was er sagte.

Ich beugte mich ein wenig vor, und seine großen Hände packten meinen Hals und drückten.

Er war stark, mein Gott, war er stark. Diese Hände waren nur ein paar Sekunden an meiner Kehle, und schon färbte sich die Welt rot und begann zu verblassen, aber irgendwie fand ich die Kraft und die Übersicht, ihn zu schlagen. Ich schlug ihn fest mit der rechten Hand auf die Brust; wenn man meine Situation bedenkt, war es ein guter Schlag.

Da er im Bett und folglich in einer ungünstigen Position war, seinen Würgegriff beizubehalten, reichte der Schlag, um ihn abzuwehren, und Gott sei Dank ließ er los.

Aber nicht lange. Die Hände schossen wieder vor, jetzt

zu Fäusten geballt, und mein Kopf wurde nach rechts, dann nach links herumgerissen. Er schlug zweimal zu.

Ich setzte mich auf den Hintern, hielt mir den Kopf. Irgendwie bemerkte ich, daß Davis aus dem Bett taumelte und zur Tür wankte; es hörte sich an, als bewegte er sich unbeholfen, aber sehr schnell. Ich hob den Kopf. Er verschwand gerade mit wehendem Krankenhauskittel durch die Tür, wollte sie hinter sich zuwerfen, doch Krankenhaustüren haben Bremsen, und sie schloß sich nur langsam.

Ich wollte schreien, doch mir tat der Hals weh; kein Ton kam heraus. Ich drückte mich hoch, kämpfte mich auf die Füße und ging zur Tür, um John zu warnen.

Ich brauchte ihn nicht zu warnen. Auf halbem Wege zum Aufzug war Davis John begegnet, und die beiden standen sich lauernd gegenüber; Johns Haltung zeugte von seiner guten Ausbildung im Nahkampf, Davis' Haltung zeugte von roher Kraft.

Ich wollte Davis von hinten angreifen und die Sache endlich beenden – wer denkt schon an einen fairen Kampf, wenn ein Neandertaler wie dieser hier beteiligt ist –, doch in meinem Kopf drehte sich alles, und als ich mich zu schnell bewegte, stolperte ich und fiel auf die Knie. Die Schläge, die ich von Davis bekommen hatte – und der Würgegriff – hatten ihre Wirkung nicht verfehlt.

Aber in gewisser Weise hatte ich John doch geholfen.

Denn Davis hatte mich gehört und sich umgesehen, und John ergriff die Gelegenheit und verpaßte ihm einen Karateschlag in den Magen. Davis stürzte, setzte sich hart auf den kalten Boden des Ganges.

Bisher war es ein stiller Kampf gewesen; keine Ärzte oder Schwestern waren gekommen, und Patienten natürlich erst recht nicht. Das sollte sich ändern.

Davis stand auf und ging mit gesenktem Kopf auf John los, wobei er ein Geräusch wie ein verwundeter, gereizter Büffel ausstieß. In diesem engen Flur war das Ungetüm auch mit Karate nicht aufzuhalten. Er stürmte mit seinem Rammbock von Kopf und den breiten Schultern auf John los, und John wurde quer durch den Gang in die Aufnahme nahe dem Fahrstuhl geschleudert, wo er einige Stühle umwarf.

Bevor John sich wieder aufrichten konnte – er saß mit dem Rücken zum Fenster auf einem Sofa – hatte Davis sich über ihn gebeugt und bearbeitete ihn mit den Fäusten. Endlich schaffte ich es, zu den beiden hinüberzustolpern, um einzugreifen. Ich hoffte, den Kampf schnell beenden zu können. Der Arzt, den wir vorher gesehen hatten, kam herbeigerannt. Ich hörte ihn rufen: »Hören Sie auf! Hören Sie auf!« Aus der anderen Richtung hörte ich einige Krankenschwestern laut rufen, die im Augenblick noch nicht zu sehen waren.

Und bevor ich oder der Arzt oder sonst jemand eingreifen konnte, um den Kampf zu beenden, tat es John.

Er hatte schon ein halbes Dutzend böse Schläge am ganzen Körper und ins Gesicht abbekommen, als er ein Bein hochriß und Davis voll im Bauch erwischte. Davis segelte über ihn hinweg und prallte vor das Fenster hinter dem Sofa.

Ich weiß nicht, ob John es beabsichtigt hatte oder nicht – er hat es mir nie gesagt, weil ich ihn nie danach fragte –, jedenfalls durchbrach Davis das Fenster, nahm einen Vorhang und die Jalousie mit, und Glassplitter prasselten auf John nieder, der mit den Armen vor dem Gesicht seine Augen schützte.

Davis schrie nicht, aber wir hörten drei Stockwerke tiefer den lauten Aufprall, als er unten war.

Ich half John auf die Beine – seine Augen waren geweitet, aber das zornige Funkeln darin war verschwunden –, und er stürzte zum Fenster und legte eine

Hand auf den leeren Rahmen, in dem noch Splitter steckten. Er blickte hinaus.

Davis lag auf dem Bauch, in den Vorhang und die Jalousie gewickelt; ein regloser weißer Fleck auf dem dunklen Boden.

»Laß uns runtergehen«, sagte John.

Der Arzt eilte gerade zum Fenster, als John und ich den Aufzug bestiegen; wir fuhren allein hinunter und waren noch vor den Angestellten des Krankenhauses bei Davis.

John beugte sich über ihn, fühlte am Hals den Puls, doch wir wußten beide, daß der Mann tot war – wir sahen sein blutverschmiertes Gesicht und die offenen, leer starrenden Augen eines Toten.

John stand auf und ging ein paar Schritte zur Wiese vor dem Krankenhaus hinüber; ich folgte ihm. Wir standen nebeneinander und starrten ins Leere. Wir bluteten beide, denn Davis hatte uns ordentlich zugerichtet. Hinter uns eilten der Arzt und einige Pfleger zur Leiche.

Ich blieb bei John stehen, legte ihm eine Hand auf die Schulter.

Er wandte sich zu mir um, lächelte mich an. Es war nicht das Zahnpastalächeln, sondern ein schmallippiges, trauriges Lächeln.

»Siehst du, Mal?« sagte er schließlich. »Es spielt keine Rolle.«

»Was?«

»Wohin man geht«, sagte er.

»Was meinst du damit?«

»Man braucht nicht nach Vietnam zu gehen.«

»Was?«

»Man braucht nicht dorthin zu gehen, um es zu finden«, sagte er.

»Wovon sprichst du?«

»Vom Töten«, sagte er. »Vom Tod.«

Kurz darauf tauchte Brennan mit einigen Beamten der Ortspolizei auf, und wir machten unsere Aussagen, während uns der Arzt der Notaufnahme untersuchte, die Wunden reinigte und uns verband.

22

Als ich etwa um halb fünf Uhr morgens zu meinem Wohnwagen zurückkehrte, war Rita auf und arbeitete in der Küche. Sie hatte ein knapp sitzendes, altes Sweatshirt angezogen, das ihr bis zu den Oberschenkeln reichte; es sah aus wie ein Minikleid, und normalerweise hätte ich eine Weile darüber nachgedacht, was wohl darunter wäre, doch ich war zu kaputt, um mich groß darum zu kümmern. Ich hatte sie eine Stunde zuvor vom Krankenhaus angerufen und ihr gesagt, daß es spät werden würde und ihr von Davis' Fenstersturz erzählt. Als ich durchs Wohnzimmer ging, stolperte ich über die leere Bierflasche, die ich Davis an den Kopf geworfen hatte. Die Flasche schien ein passendes Symbol für meinen Zustand zu sein: ich fühlte mich leer und nutzlos. Kein Pfand, keine Rückgabe.

Rita sagte: »Ich konnte nicht schlafen.«

»Ich war seit dem Abschlußball auf der High-School nicht mehr so lange auf.«

»Sei mir nicht böse, mein Lieber, aber du siehst aus wie ausgekotzt.«

»Rate mal, wie ich mich fühle.«

»Genauso, wie du aussiehst?«

»Genau wie ich aussehe«, bestätigte ich. Ich wankte zur Couch und ließ mich auf den Bauch fallen. Dann schnüffelte ich: Aus der Küche zog ein Duft von köstlichen Sachen. Ich sagte: »Was riecht da so gut?«

Rita sagte: »Ich hab im Schrank eine Kuchenmischung gefunden. Ich back sie gerade. Ist das in Ordnung?«

»Das ist nicht nur in Ordnung, das ist super. Und was rieche ich da noch?«

»Kaffee natürlich, der gehört doch dazu, du Dummer.«

»Wie lange braucht der Kuchen noch?«

»Ein paar Minuten.«

»Und der Kaffee?«

»Der ist schon fertig.«

»Toll.« Ich rollte mich auf den Rücken – der letzte Trick des sterbenden Hundes. Ich hielt mir mit den Fingern die Augen auf, dann begann ich herzhaft zu gähnen.

Rita kam mit dem Kaffee ins Wohnzimmer. Aus der Tasse stieg ein angenehmer, warmer Dampf auf. Ich zog ihn tief ein, nippte am Kaffee. Sie kuschelte sich neben mir auf die Couch. Mit großen braunen Augen sagte sie zu mir: »Wie geht's dir?«

»Es geht so«, sagte ich. »Aber ich weiß nicht, wie es John geht.«

»Was ist mit ihm?«

»Ich glaube, er war sehr verstört, als er sah, daß . . . daß so etwas auch in der Welt der Zivilisten passieren kann.«

»Oh.«

»Schade, daß es so kommen mußte. Davis ist kein großer Verlust für die Menschheit, aber er hat viele wichtige Informationen mitgenommen.« Ich trank noch einen Schluck. »Weißt du, Brennan rückte damit heraus, daß er die Normans gedeckt hat.«

»Ehrlich?«

»Ja. Aber ich kann ihm zugute halten, daß er immerhin den Mut fand, es zuzugeben.«

Sie verzog das Gesicht. »Na hör mal!«

»Doch. Er ist ein Arsch, da bin ich einer Meinung mit dir. Aber auch dein verspätetes Vorgehen gegen die Normans könnte den Sheriff seinen Job kosten. Ich hoffe nur, daß er nicht über Bord geht, wenn er versucht, das Versäumte nachzuholen. Du weißt schon, Gestapomethoden und so.«

»Der Kuchen.«

»Was?«

»Der Kuchen müßte fertig sein.«

»Aber ich muß dir erst noch meine brillanten Schlußfolgerungen vortragen.«

»Wenn ich ihn nicht aus der Röhre nehme, brennt er an.« Sie stand auf und ging wieder in die Küche.

Ich sagte: »Ich weiß, wer Janet Taber getötet hat.«

»Erzähl's mir beim Kuchen«, sagte sie, während sie die Tür des Backofens aufklappte.

»Mist«, sagte ich. »Da löse ich nun das große Geheimnis, und kein Mensch interessiert sich dafür.«

Der Kuchen war sehr gut; gelb und saftig und kräftig mit einem knusprigen Zimtüberzug. Ich hatte mir gerade ein Stück in den Mund geschoben, als Rita sagte: »Nun schmoll nicht. Spuck's aus.«

Ich sprach mit vollem Mund. »Die Einzelheiten habe ich noch nicht herausbekommen. Ich meine, die Teile lassen sich noch nicht zu einem Gesamtbild zusammensetzen.«

»Na schön. Wer hat es getan?«

»Davis war es, daran habe ich keinen Zweifel.«

»Und warum?«

»Weil Stefan Norman es ihm befahl.«

»Warum?«

»Ich glaube, weil Janet etwas gegen die Normans in der Hand hatte. Vielleicht etwas, das ihr auffiel, als sie in Richard Normans Wahlkampfmannschaft arbeitete.«

»Was ist mit Harold?«

Sie fragte leichthin, ohne besondere Betonung, wie sie immer sprach, doch ich kaufte es ihr nicht ab; sie hatte einen Kloß im Hals.

Ich sagte: »Mach dir keine Sorgen. Dein Bruder ist aus dem Schneider. Davon bin ich genauso überzeugt wie von Stefans Schuld.«

Sie konnte ihr erleichtertes Seufzen nicht ganz unterdrücken, doch sie versuchte es zu vertuschen, indem sie rasch einen Schluck Kaffee trank.

»Weißt du«, sagte ich, »dein Bruder ist ein netter Mann.«

»Das hab ich dir doch gesagt.«

»Das hast du. Und nicht nur einmal.«

»Und nun, da mein Bruder aus dem Schneider ist, bist du wohl auch mit mir fertig. Du brauchst meine Dienste nicht mehr. Schmeiß mich nur raus.«

»Oh, ich weiß nicht. Ich könnte eigentlich ein Zimmermädchen gebrauchen.«

»Eine Musenbraut?«

»Vielleicht . . . aber bei dir denke ich eher an eine Art Au-pair-Mädchen.«

Sie lächelte, schnippte mir einen Kuchenkrümel an die Nase. Ich wischte ihn ab, beugte mich zu ihr vor und küßte sie.

Wir lagen halb eingeschlafen auf der Couch, als das Telefon klingelte.

»Ja?«

»Mal?«

»John, warum bist du noch auf? Geht's dir nicht gut?«

»Ich bin vorhin ins Bett gegangen, aber ich konnte nicht schlafen. Dann hat das Telefon geklingelt.«

»Und wer war dran?«

»Der Nachtwächter vom Maxwell Building.«

»Der Nachtwächter vom Maxwell Building. Und was

hatte dir der Nachtwächter vom Maxwell Building zu sagen?«

»Zu mir gar nichts, Mal. Der Anruf war für Brennan.«

»Worum ging es?«

»Holst du mich am Gefängnis ab? Wir fahren rüber und sehen es uns selbst an. Brennan ist schon mit den Cops draußen.«

»Was, zum Teufel, ist denn los?«

»Stefan Norman wurde erschossen aufgefunden.«

23

»Selbstmord«, sagte Brennan.

Ich schwieg.

Ich blickte zum Schreibtisch, an dem vor wenigen Minuten noch der tote Stefan Norman gesessen hatte. Der Schreibtisch war ein großes, schwarzes Metallding. Mitten darauf lag ein kleines weißes Notizbuch. Das Notizbuch, auf dem Stefans Kopf gelegen haben mußte, war mit weinroten Flecken verschmiert; die unregelmäßigen Umrisse sahen aus wie bei einem Rorschach-Test. Sonst war der Schreibtisch leer, abgesehen von dem blutroten Tastentelefon und einer kleinen, schwarzen Automatik, von der der Pulverrauch stammte.

Stefans Büro war groß, und die spärliche Möblierung ließ es noch größer wirken. Der Schreibtisch mit dem braunen Lederstuhl dahinter und einem Besucherstuhl davor und die Couch, die vor den zugezogenen Fenstervorhängen stand, wirkten wie die letzten Kulissen, wenn nach einer Aufführung die Bühne geräumt wird. Dies war allerdings noch kein Hinweis darauf, daß der

Norman Fund ein Scheinunternehmen war; das vordere Büro war mit Aktenschränken und ganz normaler Büroeinrichtung ausgestattet – es gab sogar einen Fotokopierer und mit Papierstapeln überhäufte Schreibtische für zwei Vollzeitsekretärinnen. Der Vorraum war eine Art Warteraum mit Stapeln alter Ausgaben von *U.S. News and World Reports*. Auf irgendeine Weise hatte der Norman Fund also tatsächlich gearbeitet.

Ich war etwas erschüttert; Todesfälle sind nichts Alltägliches für mich, nicht einmal, wenn ich jeden Tag mit ihnen zu tun habe, wie es ab und zu der Fall war – als Zeitungsreporter, der Nachrufe tippen mußte, oder als Soldat, der mit einem Gewehr in der Hand durch das Reisfeld eines armen asiatischen Teufels stolperte.

Außerdem fühlte ich mich betrogen: Ich hatte keine Chance mehr bekommen, Stefan Norman kennenzulernen, geschweige denn, ihn zu verstehen. Er war einfach ein Mann, mit dem ich einmal einige Minuten lang gesprochen hatte. Und doch war er für mich ein wichtiger Mann – ein Mann, dem ich am liebsten in den Kopf gekrochen wäre, um Antworten auf einige Fragen zu finden. Der Zugang war jetzt da – allerdings konnte man nicht dort einsteigen. Es kam etwas herausgesickert. Blut. Die Dinge da drin, der Mensch, waren für mich verloren.

Und ich hatte das unheimliche Gefühl, daß ich eine leicht veränderte Wiederholung der Ereignisse vom letzten Dienstag erlebte. Zuerst tauchte John mit seiner Fransenjacke auf, mit dem blauen Hemd und der schwarzen Lederhose, die er am Dienstag getragen hatte. Natürlich gab es eine logische Erklärung dafür – John war sauer auf seinen Stiefvater und zog seine ausgefallensten Sachen an, um Brennan das Leben schwerzumachen. Am Maxwell Building wurden wir kurz von Oliver DeForest aufgehalten, der uns am Dienstagabend auf dem Colorado Hill aufgehalten hatte. Und dann warteten John und ich auf den Aufzug, und als die Tür aufging, standen natürlich die Sanitäter vom Dienstagabend vor uns, doch diesmal trugen sie nicht die Leiche von Janet Taber, sondern die sterblichen Überreste Stefan Normans. Ich blickte zu John und sagte: »Déjà vu«, und er sagte: »*Gesundheit.*«

Brennan sagte: »Nichts berühren.«

Ich deutete zur Couch. »Darf ich mich setzen?«

»Seien Sie mein Gast.«

Ich ging zur Couch, und John folgte mir. Wir setzten uns und beobachteten Brennan und einen Uniformierten und einen Mann in einem zu großen grauen Anzug, die herumrannten und versuchten, eine sinnvolle Beschäftigung zu finden. Der Uniformierte fragte Brennan, ob jemand nach Fingerabdrücken suchen sollte, und Brennan sagte, die Mühe könnte man sich sparen. Der Typ mit dem zu großen Anzug fragte, was mit der Pistole wäre, und Brennan meinte, er wäre sicher, daß sie Stefan gehört hätte, doch es sollte zur Sicherheit überprüft werden, und der Mann mit dem grauen Anzug sollte sich darum kümmern und die Waffe auf Abdrücke untersuchen. Der graue Anzug ging zum Schreibtisch, steckte einen Bleistift in den Lauf der Waffe und wollte sie vorsichtig zur Tür hinaustragen. An der Tür rutschte ihm die Waffe vom Bleistift, und er griff im Reflex mit der freien Hand zu. Er gab den Bleistift mit der Pistole einem Cop, der im Vorraum herumlungerte und sagte ihm, was er damit tun sollte. Dann kam er wieder herein und wanderte noch eine Weile unschlüssig umher. Der Uniformierte fragte, ob jemand die Patronenhülse gefunden hätte, und Brennan erwiderte, er hätte sie schon sichergestellt. So ging es eine Viertelstunde weiter.

Schließlich sagte ich: »Kann ich Sie einen Augenblick sprechen, Brennan?«

Brennan sagte: »Sie sehen doch, ich hab zu tun.«

»Wirklich?«

»Na gut, na gut. Reden Sie.«

»Können wir unter vier Augen sprechen?«

»Mein Gott, Mallory!«

»Brennan?«

»Dann lassen Sie uns in den Flur hinausgehen.«

Ich blickte zu John. »Kommst du mit?«

Er schüttelte den Kopf. »Du kannst allein mit ihm reden.«

Ich ging mit Brennan durch die beiden Büros hinaus. Wir blieben vor den Fahrstühlen stehen. Niemand sonst war in der Nähe. »Reicht das?« fragte er.

Ich sagte: »Selbstmord?«

»Genau. Schlicht und ergreifend.«

»Ist das nicht ein schöner Zufall?«

»Was? Was meinen Sie damit?«

»Ich meine damit nur, daß es eine elegante, sichere Art ist, die Sache zu beenden. Für alle Beteiligten.«

»Was wollen Sie damit andeuten, Mallory?«

»Will ich damit etwas andeuten?«

»Also gut, Sie Meisterdetektiv«, sagte Brennan, indem er auf den Aufzugknopf drückte. »Kommen Sie mit, ich will Ihnen was zeigen.«

Wir fuhren schweigend nach unten, gingen rasch an DeForest vorbei zu Brennans Buick, der vor dem Gebäude stand. Brennan schloß die Beifahrertür auf und nahm einen großen braunen Umschlag vom Sitz. Er zog ein Blatt aus dem Umschlag, hielt es vorsichtig mit Daumen und Mittelfinger an einer Ecke und gab es mir, nachdem er mich aufgefordert hatte, es auf die gleiche Weise zu halten.

»Lesen Sie«, sagte er.

»Was ist das?«

»Was glauben Sie, was das ist?«

Ich las es rasch durch. »Soll das ein Abschiedsbrief sein?«

»Es *soll* nicht, es *ist* einer.«

»Haben Sie die Handschrift überprüft?«

»Ich kenne Stefan Normans Handschrift.«

»Aber Sie werden doch eine Expertise anfordern, oder?«

»Das macht die Polizei; die sind jetzt zuständig. Ich glaube, die werden es wohl routinemäßig überprüfen lassen, aber das ist nur eine Formalität. Glauben Sie mir, das ist Stefan Normans Handschrift. Kann ich es jetzt zurückhaben?«

»Nein, warten Sie. Ich will es noch einmal lesen.«

Ich ging den Text noch einmal langsamer durch. Er war in steifen, verkrampften und etwas verschnörkelten Buchstaben geschrieben. Er lautete:

> *Ich, Stefan Norman, bin verantwortlich für die Tode von Janet Taber und ihrer Mutter, Renata Ferris. Ich hatte das Gefühl, mit ihrem Tod sei meinen eigenen Interessen, denen meiner Familie und denen des Norman Fund am besten gedient. Es war ein tragischer Irrtum. Ich war überzeugt, Mrs. Taber und ihre Mutter, Mrs. Ferris, versuchten, gewisse Mitglieder meiner Familie zu erpressen.*
>
> *In diesem Glauben wandte ich mich an Mrs. Ferris, um ihr vom Verhalten ihrer Tochter zu berichten, und stellte fest, daß die Mutter ihrer Tochter als Komplizin half. Im Verlauf eines Streits kam es zu Handgreiflichkeiten. Mrs. Ferris, eine große Frau, war sehr erregt und griff mich an.*
>
> *Ich schlug zurück und verletzte sie schwer. Ich verließ in Panik das Haus. Später – meiner Ansicht nach durch einen Zufall – brach ein Feuer aus, so daß ich indirekt für ihren Tod verantwortlich bin.*
>
> *George Davis tötete Janet Taber, nachdem er meine Bitte*

mißverstanden hatte, er möge sie auffordern, Port City augenblicklich zu verlassen. So bin ich auch für ihren Tod und indirekt für Davis' Tod verantwortlich. Ich erkenne jetzt meinen Fehler in bezug auf Janet Taber und ihre Mutter und bedaure aufrichtig die Wendung, die die Dinge genommen haben.

Der Brief war mit »*Stefan H. Norman*« unterzeichnet und datiert.

Ich gab Brennan das Blatt zurück, und er nahm es und steckte es vorsichtig in den Umschlag. Er beugte sich in den Wagen, legte den Umschlag auf den Sitz und schloß ab. Dann wandte er sich an mich und sagte: »Noch Fragen?«

Ich sagte nichts.

24

Der Morgen dämmerte. Die Sonne glänzte auf den glatten Wänden des Norman-Hauses, ließ die Kanten scharf hervortreten und jagte blendende Lichtpfeile in unsere Augen, als ich mit Rita im Rambler darauf zufuhr. Im Tageslicht wirkte das Haus kleiner, als hätte es jemand während der Nacht durch ein verkleinertes Modell ersetzt, und wenn es im Morgenlicht auch genauso grotesk aussah wie im Dunkeln, so schien es doch weniger bedrohlich – wie das Gespenst, das sich mit dem Einschalten des Lichts in einen Stoffetzen an einem Kleiderhaken verwandelt.

Sie stiegen aus, und ich sah mich um. Die Betonblöcke hatten Risse, und stellenweise waren einzelne Blöcke durch kleinere Ziegel ersetzt worden. Das Haus war nicht gut in Schuß. Es würde sicher noch hundert oder zweihundert Jahre stehen, falls es nicht vorher abgerissen würde, doch dieser durch keinen Anstrich geschützte Beton würde mit der Zeit verwittern und zerkrümeln und seine Glattheit und seine Schönheit verlieren. Eines Tages würde das Haus für Besucher aus dem Weltall oder vielleicht auch für die mutierten Überlebenden unserer Rasse ein seltsames Fundstück sein – wie ein sonnengebleichter Schädel, den man halb verschüttet im Wüstensand findet, und bei dem man sich fragt, welche Geschichte er hinter sich haben mag.

Harold stand in der Hintertür. Er trug einen grauen Anzug und ein weißes, am Kragen offenes Hemd. Ein paar Sekunden blieb er reglos stehen wie ein Reklameindianer vor einem Zigarrenladen, dann erwachte er zum Leben und winkte uns mit grimmigem Gesicht herein.

Rita warf mir einen Blick zu und zog die Mundwinkel herab; wahrscheinlich machte sie sich Sorgen, daß ich ihr Verhältnis zu ihrem Bruder gestört hatte.

Ich antwortete mit einem Blick, der ihr sagen sollte: Hör auf, es ist sechs Uhr morgens, und seit dem gewaltsamen Tod eines seiner Arbeitgeber sind erst wenige Stunden vergangen. Was erwartest du also?

Und sie seufzte und lächelte unsicher. Sehr unsicher.

Harold wollte uns rasch in sein Zimmer drängen und sagte, er würde Kaffee machen. Ich erläuterte den Zweck meines Besuchs und hoffte, ihn von weiteren Höflichkeiten abzubringen. Ich entschuldigte mich dafür, daß ich angedeutet hatte, er hätte etwas mit Janet Tabers Tod zu tun und sagte, es täte mir leid, wenn ich ihm und Mr. Norman Unannehmlichkeiten bereitet hätte. Und ich brachte mein Mitgefühl über den Tod Stefans zum Ausdruck. Dann fragte ich, ob ich hinaufgehen dürfte, um Mr. Norman dasselbe zu sagen.

Harolds einsames Auge verengte sich und musterte mich einige lange Sekunden. Sein Blick war skeptisch, das Auge leicht blutunterlaufen. Er stand völlig reglos vor mir, starrte mich an wie ein Standfoto aus einem Film. Dann sagte er: »Sie können raufgehen, Mallory.«

»Danke, Harold.«

»Aber wecken Sie ihn nicht, falls er wieder eingeschlafen ist, obwohl ich das für unwahrscheinlich halte.«

»Ich werde daran denken.«

»Und regen Sie ihn nicht auf.«

»Bestimmt nicht.«

»Dann gehen Sie.«

»Danke.«

Norman saß in seinem Rollstuhl. Er hatte sich über eine winzige Rampe hinauf auf die Plattform und vor den Schreibtisch gerollt und blickte aus dem langgestreckten Fenster über den Fluß.

»Sir«, sagte ich.

Er drehte ein wenig den Kopf, doch ich glaubte, es wäre nicht weit genug, um mich sehen zu können. Doch er sagte: »Oh, hallo, junger Mann. Schön, daß Sie gekommen sind. Dann können wir ja unsere Unterhaltung fortsetzen.«

»Es freut mich, daß Sie sich freuen.«

»Im Grunde geht es mir nicht besser als neulich – vielleicht sogar ein wenig schlechter –, doch ich glaube nicht, daß ich wieder so unleidlich werde wie beim letzten Mal, als Sie hier waren. Aber so ist das bei alten Leuten, sie ändern ständig ihre Meinung, und man kann sich auf nichts verlassen. Bitte entschuldigen Sie meine Grobheit.«

»Aber nur, wenn Sie auch mein Verhalten entschuldigen«, sagte ich. »Denn immerhin bin ich hier unaufgefordert eingedrungen.«

»Ich habe Ihre Gesellschaft genossen«, sagte er, immer

noch zum Fluß gewandt. »Kommen Sie doch zu mir herauf. Man hat hier einen sehr schönen Ausblick. Genießen Sie ihn mit mir.«

Ich durchquerte den langen, leeren Raum und warf dem Portrait in Purpur über dem Kamin einen Blick zu. Dann trat ich auf die Plattform und sah aus dem Fenster. Die Sonne ging auf, der Himmel war noch grau. Nur kurz oberhalb der Baumwipfel war er rosig gefärbt; es sah künstlich aus, fast surreal und wie eine gemalte Landschaft. Kein schöner Sonnenaufgang, sondern eher ein gespenstischer – ein Gemeinschaftswerk von Grandma Moses und Salvador Dali. Ich fragte mich, ob von diesem Haus aus betrachtet alle Sonnenaufgänge so wirkten.

Ich wollte sagen: »Ein schöner Sonnenaufgang«, doch er kam mir zuvor. »Genau da unten war es.« Erst jetzt bemerkte ich, daß er gar nicht den Sonnenaufgang beobachtete. Sein Kopf war geneigt, und er überblickte die Wiese, die sich etwa hundert Meter bis zur Klippe erstreckte. Er starrte das tote braune Gras an und deutete mit einem zitternden Finger hinunter.

»Da unten waren überall Blumen, rings um die Wiese, und die Wiese war grün. Der Golfclub wäre stolz gewesen, wenn er einen so prächtigen Rasen gehabt hätte. Jeden Sonntag kamen Leute aus der Stadt, setzten sich auf die Wiese und sahen zum Haus herauf. Einige waren krank und brauchten Hilfe. Andere . . . andere wollten nur das hören, was ich damals ›Die Stimme der Wahrheit‹ nannte – so hieß meine Sonntagssendung. Was hatten Sie noch gefragt? Oh, die Versammlungen auf der Wiese. Nun, sie kamen aus der ganzen Gegend, jeden Sonntag war der Parkplatz überfüllt, und der war größer als der Supermarkt da drüben auf der anderen Straßenseite, neben der Tankstelle. Übrigens hatte ich da drüben früher selbst einen Supermarkt. Nun, sie saßen also auf der Wiese, und wir übertrugen die Sendung über Lautsprecher nach draußen, und zie haben zugehört. Bei schlechtem Wetter haben wir Zelte aufgestellt, denn der Regen hätte sie davon abgehalten, zu Doc Sy Norman zu kommen und die Stimme der Wahrheit im Sender KDWS zu hören.«

Er schüttelte den Kopf, und eine lange, weiße Haarsträhne fiel ihm wie ein Komma in die Stirn; die blauen Augen des Hypnotiseurs waren offen und klar, und man konnte ahnen, welche Kraft früher einmal von ihnen ausgegangen sein mußte. »Wissen Sie, ich fühlte mich dabei . . . wichtig. Oh, ich *war* wichtig, und ich *wußte* es, denn ich half den Menschen, egal, was manche Kleingeister sagten. Wußten Sie das? Ich hab den Menschen geholfen, und ich hab auch später noch auf verschiedene Weise und mehr im verborgenen Gutes getan. Ich habe dieser Stadt geholfen – sie ist durch mich gewachsen, die Leute haben durch mich die Jobs bekommen, mit denen sie ihre Familien ernährten. Wußten Sie das? Wußten Sie, daß ich mich mit den Gaunern angelegt habe, denen die Wasser- und Stromversorgung gehörte? *Ich* hab dafür gesorgt, daß damals, 26 war das, ein städtisches Wasser- und Elektrizitätswerk eingerichtet wurde. Und das Werk ist heute noch in Betrieb. Sie können es sich ansehen. Ich hab's selbst entworfen, genau wie dieses Haus hier. Und wie dieses Haus wird es noch lange stehen, wenn ich schon unter der Erde bin. Wußten Sie, daß ich die Rohentwürfe für dieses Haus auf einer Tischdecke gezeichnet habe? Es ist wahr. Als wir vom Department of Commerce die Erlaubnis bekamen, die Radiostation zu bauen, setzten wir uns am gleichen Abend zusammen, um dieses Luftschloß zu bauen, von dem ich so lange geträumt hatte. Natürlich hatte jeder seine eigenen Ideen, wie es aussehen sollte, und es wurden alle nur denkbaren Architekturstile vorgeschlagen. Aber dann fiel es mir ein . . . warum sollten wir nicht das Beste aller Stile vereinen und etwas Einzigartiges bauen? Hier ein wenig spanischer Einfluß, dort ein Hauch Ägypten, an einer anderen Stelle eine Andeutung Wright. Und ich habe es hier gebaut, am höchsten Punkt Port Citys, siebzig Meter über dem Mississippi, wo alle Menschen es sehen konnten. Und Jahre später sagten sie, das ist Doc Sys Hügel, dort oben hat er gearbeitet und gelebt, und wenn ich tot bin, wird das Haus immer noch stehen. Wissen Sie, ein Mann möchte in dem Bewußtsein sterben, etwas hinterlassen zu haben, das auch nach seinem Tod erhalten bleibt. Verstehen Sie das?«

»Es muß ein schönes Gefühl sein«, sagte ich, »wenn man weiß, daß man im Leben etwas erreicht hat.«

»Oh, das ist es. Aber ich sage Ihnen . . . äh, wie war doch gleich Ihr Name?«

»Mallory.«

»Mallory. Ich sage Ihnen, Mallory, wenn man so alt ist wie ich, fühlt man sich ein wenig leer, egal, wie reich das Leben davor war. Man fühlt sich ausgelaugt, und es spielt keine Rolle, welche Leistungen . . .« Er berührte liebevoll das Bild Hoovers mit der persönlichen Widmung. ». . . es ist gleichgültig, wieviel man geleistet hat, man fühlt sich einfach leer.«

Ich sagte nichts; es wäre ein guter Augenblick gewesen, um Fragen zu stellen, aber ich brachte es nicht über mich.

Schließlich fuhr er fort: »Es ist nicht so sehr, weil ich meine Frau vermisse – das ist schon so lange her, und sie war ein junges Mädchen, und ich bin jetzt ein alter Mann . . . aber mir ist nichts von ihr geblieben, und wenn ich tot bin, wird nichts von ihr zurückbleiben . . . von uns beiden wird nichts zurückbleiben . . . von Richard . . . und meinem Enkel.«

Ich hielt es für die Verwirrung des Alters. Stefan war sein Neffe und nicht sein Enkelsohn.

Er fuhr fort: ». . . und Stefan ist auch ein großer Verlust, selbst wenn ich ein etwas bitteres Gefühl habe, ich kann mir nicht helfen . . .«

Jetzt mußte ich etwas sagen. Ich überspielte meine Erregung, wie die Risse in der Mauer übertüncht worden waren.

»Sie sind sicher traurig, da Sie nun der letzte Norman sind. Es ist schwer, nacheinander die Frau, einen Sohn und seine Frau und deren Tochter und jetzt auch noch den Neffen zu verlieren.«

»Er hätte es nicht tun sollen.«

»Sich umbringen, meinen Sie?«

»Nein, das meine ich nicht. Unter den gegebenen Umständen war Selbstmord das einzig Richtige. Ich meine, er hätte dieser kleinen Taber nicht so zusetzen sollen.«

In seiner Stimme schwang eine Zuneigung mit, die mich einen Augenblick innehalten ließ.

»Hat Janet Sie denn nicht erpreßt?«

»Erpreßt . . .?« Aus seinem Hals kam ein trockenes Rasseln – er lachte. »Aber nein. Stefan wußte, daß sie mich nicht erpreßte, oder wenigstens hätte er es wissen müssen. Aber trotzdem, ich glaube, er hat es gut gemeint.«

»Ich . . . ja, das glaube ich auch.«

»Aber es war dumm von ihm, so dumm, zu glauben, sie hätte mich ausgenutzt. Ich glaube, sie wußte nicht einmal etwas von mir, denn ich hatte mich immer im Hintergrund gehalten. Stefan hätte es wissen sollen.«

»Wirklich?«

»Ja, natürlich. Ich ließ ihn doch die Mutter des Mädchens suchen; er wußte am allerbesten, wie dringend ich das Mädchen finden wollte, und wie ich mich freute, als sie nach einigen Jahren endlich wieder auftauchte.«

»Warum wollten Sie sie finden, Mr. Norman? Warum haben Sie Janet Taber gesucht?«

Er hob eine zitternde Hand, machte eine unbestimmte Geste. Es sah fast aus wie die widerstrebende Segnung eines alten, desillusionierten Priesters. »Das spielt keine Rolle, jetzt nicht mehr . . .«

»Oh?«

»Sie ist tot. Und ihr Sohn ist tot.«

»Ihr Sohn?« Ich erinnerte mich an Janets kleinen Jungen und an seinen Herzfehler und an den anonymen Wohltäter. »Dann halfen Sie Janet, damit ihr Sohn geheilt wurde? Haben Sie dafür gesorgt, daß er in die Klinik im Osten kam?«

Er nickte. »Aber das spielt keine Rolle mehr. Sie ist tot. Ihr Sohn ist tot.«

»Ihr Sohn«, sagte ich.

»Ihr Sohn«, sagte er. »Ihrer und Richards Sohn.«

Ich blickte aus dem Fenster, in dem sich das lächelnde Portrait hinter uns spiegelte.

»Mein Enkelsohn«, sagte er sehr, sehr leise.

25

Harold erwartete mich am Fuß der Treppe. Er schien viel zu breit für das schmale Treppenhaus: ein Schiff in einer Flasche, bei dem man sich wunderte, wie es hineingekommen war. Er sagte: »Wie geht es Mr. Norman?«

»Gut. Ich hab ihm ins Bett geholfen.«

»Sie haben es ihm doch nicht noch schwerer gemacht?«

»Ich bin nicht sicher, ob das überhaupt möglich ist«, sagte ich. »Lassen Sie uns irgendwo reden.«

Er sagte: »Ich hab Rita zum Einkaufen geschickt; wenn sie zurückkommt, gibt's Frühstück. Inzwischen können wir reden.«

»Haben Sie damit gerechnet?«

»Natürlich«, sagte er. »Sie nicht?«

Er führte mich in das kahle Wohnzimmer. Die Sonne fiel in schrägen Balken durch die zahlreichen, unregelmäßigen und vorhanglosen Fenster. Unsere Schritte polterten laut, doch es gab kein Echo. Harold winkte mich durch einen Bogengang in den Garten. Wir überquerten die Wiese und blieben ein paar Schritte vor der Klippe stehen. Der Fluß war heute unruhig; ein grauer Lastkahn, der zum Hafen unterwegs war, kämpfte mühsam gegen die Strömung an. Ein frischer Wind wehte, und ich wünschte, ich hätte meine Jacke angezogen.

»Rita sagt, Sie schreiben Kriminalromane«, sagte Harold, während er zum Fluß hinausblickte.

»Ja, das stimmt.«

Er sah mich an; sein einziges Auge schien sich in mich hineinzubohren. »Glauben Sie, das Leben ist auch ein Krimi?«

»Was meinen Sie damit?«

»So sauber. So glatt. So leicht.«

Ich zuckte die Achseln. »Nein. Aber das Leben ist *wie* ein Kriminalroman, manchmal jedenfalls. Voller Menschen, die ihre Geheimnisse wahren wollen, und denen es nicht gelingt. Vielleicht sollten sie sie auch nicht bewahren.«

Er brummte nur dazu; sein Atem bildete eine weiße

Wolke vor seinem Gesicht. »Mein Leben ist kein Krimi. Jedenfalls ist es nicht *Ihr* verdammter Kriminalroman.«

»Vielleicht nicht«, räumte ich ein. »Aber ich komme in der Geschichte vor.«

Er dachte darüber nach, nickte. »Ja, das stimmt wohl.«

»Warum erzählen Sie es mir nicht, Harold?«

»Sie sind der Krimiautor. Sie müssen es mir erzählen.«

»Na gut. Ich erzähle Ihnen eine Geschichte. Vielleicht ist es wirklich nicht mehr als eine Geschichte, aber ich werde mir Mühe geben.«

Er grunzte noch einmal.

»Es war einmal ein Senator«, begann ich, »der hieß Richard Norman. Und dieser Senator hatte eine Affäre mit seiner Sekretärin Janet Faber. Vielleicht hat es in seinem Senatsbüro in Des Moines begonnen; auf jeden Fall endete es in Port City, vermutlich in einem Motelzimmer, in dem der Senator im Sommer wohnte, während er seinen Wahlkampf für den Bundessenat führte.«

Harold hörte zu, unbeweglich wie ein Fels.

»Der Senator hatte auch eine Frau, doch sie war zu jener Zeit schwanger. Ziemlich schwanger. Sie gebar dem Senator im Spätsommer ein Mädchen. Vielleicht geschah es während dieser letzten Monate der Schwangerschaft seiner Frau, daß der Senator den Reizen seiner Sekretärin erlag, und was als kleine Affäre begann, wurde plötzlich etwas viel Komplizierteres als eine einfache Affäre. Denn die Sekretärin wurde auch schwanger.

Ich weiß natürlich nicht, ob der Senator seiner Frau von der schwangeren Sekretärin erzählte. Ich möchte es bezweifeln. Aber ich bin ziemlich sicher, daß er es seinem politischen Mentor, seinem Geldgeber und seinem Förderer in allen Lebenslagen erzählte: seinem Vater Simon Norman. Dem Mann hinter dem Politiker.

Und ich bin ziemlich sicher, was Simon Norman angesichts dieses Problems unternahm: Er hat sie bezahlt und sie aufgefordert, still und heimlich zu verschwinden. Und das tat die Sekretärin Richard Normans. Sie ging in die Old Town Chicagos und lebte dort eine Weile als Hippiemädchen mit ihrem Hippiemann – vermutlich sehr wütend auf das Establishment, an das sie kurze Zeit geglaubt hatte. – Nun, Harold, wie mache ich mich?«

Ich war überrascht, daß Harold plötzlich doch etwas sagte. Der Fels lebte. »Es ist Ihre Geschichte«, sagte er achselzuckend.

»Wirklich? Nun, einige Jahre vergehen, und während seines zweiten Versuchs, sich für den Bundessenat zu bewerben, kommt der Senator bei einem Autounfall ums Leben. Und seine Frau. Und sein einziges Kind – oder besser, das einzige legitime Kind. Der alte Sy Norman erleidet kurze Zeit später einen Schlaganfall. Und dann erinnert sich jemand an die schwangere Sekretärin und macht den alten Mann darauf aufmerksam; vielleicht hat sie das Kind doch nicht abtreiben lassen, sondern es ausgetragen?

Und so spürten die Hilfskräfte der Normans Janet Taber auf; oder besser, sie fanden zuerst Janets Mutter. Und es stellte sich heraus, daß Janet wirklich einen Jungen hatte. Den Enkel Sy Normans. Jemand, der ihn überleben würde. Etwas, das von ihm abstammte und das ihn überdauern würde. Aus irgendeinem Grund wurde Janets Mutter als Vermittlerin eingeschaltet. Vielleicht, weil Janet immer noch sehr böse auf die Normans war? Vielleicht, weil Janet beim erstenmal sogar das Geld *abgelehnt* hatte? Vielleicht hatte sie auf die Abfindung eines Kapitalisten gepfiffen und war nach Old Town verschwunden und Hippie geworden?«

Harold drehte den Kopf zu mir herum und nickte.

»Nun gut. Es beginnt, Gestalt anzunehmen. Die

Mutter war die Vermittlerin; Janet ahnte, von wem das Geld stammte, doch da das Kind operiert werden mußte, gab sie nach – vielleicht belog sie sich sogar selbst und sagte sich, es wären gar nicht die Normans, die das Geld bezahlten. Vielleicht hoffte sie, es wäre einfach ein gutherziger Mensch. Vielleicht konnte sie auf diese Weise leichter damit leben. Wie auch immer, was auch immer ihre Gründe waren, sie gab nach und ihr Sohn kam in die Klinik im Osten.

Von nun an kann ich nur raten. Ich kann nur spekulieren. Aber ich bin fast sicher, daß ich recht habe. Einen oder zwei Tage, bevor Sie Janet im Busbahnhof bedrängten, Harold – ich bin übrigens immer noch nicht sicher, warum Sie es taten –, einen oder zwei Tage, bevor die Dinge diese unglückliche Wendung nahmen, starb der Junge.«

Harold drehte wieder den Kopf herum, und wieder nickte er langsam. Traurig.

»Das dachte ich mir! Der kleine Junge starb in der teuren Klinik. Doch Janet Taber wußte es nicht. Man sagte es ihr nicht. Das ist doch immerhin etwas – wenigstens diese Last mußte sie nicht bis ins Grab tragen. Aber das ist andererseits auch die einzige Erleichterung, die sie bekam, denn Stefan – und seine Tötungsmaschine Davis – hatten beschlossen, Janet und ihre Mutter zu beseitigen, bevor die beiden erfuhren, daß der Junge tot war.«

»Und warum sollten sie das tun, Mallory?«

Ich zielte mit dem Zeigefinger auf seine gewaltige Brust. »Weil Janet *und* ihr Sohn im Testament des alten Mannes bedacht wurden. Weil Stefan damit einen großen Teil des Erbes verlieren würde. Stefan mußte rasch handeln – ein Feuer, ein Unfall –, und bald war er wieder der Alleinerbe. Wenn Sie mich fragen, hat er ziemlich schlampig gearbeitet, aber es ist ganz nützlich, die Cops in der Tasche zu haben, wenn man seine schmutzige Wäsche schon so ungeschickt wäscht.«

Harold lachte humorlos. »Stefan war ein kleiner Gauner. Er war ein Mistkerl, ein Betrüger – aber mit Mord war er überfordert.«

»So überfordert, daß er schließlich Selbstmord beging.«

»Richtig. Aber das ist *Ihre* Schuld, Mallory.«

»Meine Schuld?«

»Stefans ungeschickte ›Unfälle‹ wären nicht weiter untersucht worden, bevor Sie sich einmischten. Wie Sie sagten, hatten die Normans die Polizei und den Sheriff in der Tasche; die Untersuchungen der Ereignisse wären im besten Fall sehr oberflächlich verlaufen. Stefan konnte nicht ahnen, daß ein . . . ein Kriminalromanautor wie Sie zur Stelle wäre, um überall herumzustochern und alles mögliche ans Licht zu bringen.«

Die Begeisterung, die ich gespürt hatte, nachdem alles so sauber zusammengepaßt hatte, verschwand plötzlich wieder. Der Wind fegte mir kalt ins Gesicht, doch die Sonne brach zwischen den Wolken durch und ließ mich blinzeln.

Ich sagte: »Als die Löcher in Stefans nicht gerade großartiger Konstruktion sichtbar wurden und die Gesetzeshüter ermitteln *mußten*, und als sein Kollege Davis für ihn starb – als alles zusammenbrach und alle Spuren zu ihm führten –, da übermannte ihn die Verzweiflung, und er schrieb den Abschiedsbrief, teilweise sicher auch, um seinem Onkel die Schande zu ersparen, und jagte sich eine Kugel in den Kopf.«

Harold nickte. Das Nebelhorn des Lastkahns heulte auf.

»Scheiße«, sagte ich. »Sie haben Stefan getötet, Harold, warum erzählen Sie's mir nicht? Immerhin ist das *Ihre* Geschichte . . .«

26

»Sie müssen eines über Stefan Norman wissen«, sagte Harold. »Stefan Norman war eine Schlange.«

Seine Stimme war, wie der Wind, ein trockenes Rascheln.

»Stefan Norman«, fuhr Harold fort, »war es, der Richard Normans Frau von ihrem Mann und der Sekretärin mit dem Baby erzählte, das vielleicht abgetrieben wurde, aber vielleicht auch nicht. Und Mrs. Norman hat es nicht sehr gut aufgenommen. Sie bekam . . . Nervenprobleme. Dann begann sie zu trinken. Eine Therapie half bei keinem der beiden Probleme. Sie war während des zweiten Wahlkampfes für den Bundeskongreß eine Quelle ständiger Peinlichkeiten für die Normans. Die Gerüchte, die sie immer wieder auf die eine oder andere Weise in die Welt setzte, waren derart häßlich, daß die meisten Leute sie nicht glauben wollten, und als üble Anschwärzerei abtaten. Zum Beispiel, daß sie bei einem Urlaub am Lake Okoboji versucht hätte, ihre eigene Tochter zu ertränken.«

»Mein Gott«, sagte ich.

Harold seufzte schwer. »Ich weiß nicht genau, wie der Senator bei all dem zu seiner Frau stand. Eine Zeitlang standen der Senator und ich uns sehr nahe. Er erzählte mir oft sehr persönliche Dinge, aber . . . aber als seine Frau zu trinken begann und ihre Tochter so grausam behandelte, zog sich der Senator zurück.«

»Was hat Richard Norman nur geritten, als er sich betrank und mit dem Wagen den Colorado Hill hinunterstürzte? Es war Selbstmord, oder?«

Harold sagte nichts.

»So langsam verstehe ich es«, sagte ich. »Richard ist in

jener Nacht gar nicht gefahren. Richard saß nicht betrunken am Steuer. Es war seine Frau. Seine Frau ist gefahren.«

Harold nickte. »Aber der Senator hat zugelassen, daß seine Frau betrunken von Davenport zurückfuhr – so betrunken, daß sie kaum laufen konnte, geschweige denn, einen Wagen lenken.«

»Was wollen Sie damit sagen? Richard Norman hätte sie fahren lassen mit derselben Haltung, als hätte er ihr einen Revolver gegeben und gesagt: Nun schieß doch schon!?«

Harold blickte über die Klippe zum Fluß hinunter. »Stefan hielt diese Interpretation des Unfalls für sehr wahrscheinlich; er riet deshalb Mr. Norman, die Polizei zu veranlassen, in den Bericht zu schreiben, daß der Senator gefahren sei. Dennoch gab es einige, die dieses Manöver durchschauten und errieten, daß Mrs. Norman gefahren sein mußte und genau gewußt hatte, was sie tat, als sie den Wagen in den Abgrund lenkte.«

Dann wandte er sein Auge und die schwarze Augenklappe zu mir und sagte: »Aber das sind nur Vermutungen. Wir wissen nicht mehr.«

»Was *glauben* Sie, Harold? Sie sagten, Sie wären mit dem Senator sehr vertraut gewesen.«

»Ich glaube nicht, daß der Senator bewußt den Tod seiner Familie gewünscht hat. Vielleicht haßte er seine Frau inzwischen; ich weiß es nicht. Vielleicht haßte er sich selbst; auch das weiß ich nicht. Aber er liebte seine kleine Tochter. *Das* weiß ich genau.«

»Es gibt noch jemanden, der die Tochter liebte«, sagte ich, indem ich mit dem Daumen zum Haus hinter uns deutete.

»Ja.« Harold nickte. »Mr. Norman liebte das kleine Mädchen. Er sagte immer, die Kleine würde einmal ein Ebenbild seiner verstorbenen Frau werden. Ich glaube, es war hauptsächlich der Tod seiner Enkeltochter, der bei Mr. Norman den Schlaganfall auslöste; mehr noch als der Tod seines Sohnes, des Senators.«

»Wer erinnerte ihn an das zweite Enkelkind, an Janet Tabers Sohn? Stefan?«

Harold lachte. Es war ein tiefes kehliges Lachen. Ich erschrak, als er herausplatzte, denn wir hatten bisher sehr leise gesprochen.

»Schwerlich«, sagte er. »Warum sollte Stefan seinen Onkel an einen anderen möglichen Erben erinnern? *Ich* habe Mr. Norman an die schwangere Sekretärin erinnert. Und es bestand die Chance, daß irgendwo noch ein Enkel lebte, der Simon Harrison Normans Leben wieder einen Sinn geben konnte. Als er sich etwas erholt hatte, begann er sogar wieder zu *sprechen*, zum ersten Mal nach dem Schlaganfall. Er sprach mit Stefan.« Harold lachte wieder. »Er befahl seinem Alleinerben, nach dem Kind zu suchen.«

»Ich kann mir vorstellen, daß Stefan nicht begeistert war.«

»Nein«, sagte Harold lächelnd. »Man konnte kaum erwarten, daß Stefan Freude daran hatte, ein Kind zu suchen, das seinen Anteil am Erbe mindern würde. Aber er machte sich halbherzig an die Arbeit. Er heuerte mehrere Detektive an und fuhr auch selbst nach Des Moines, um die Mutter des Mädchens zu besuchen, die ihre Tochter allerdings mehrere Jahre nicht mehr gesehen hatte.«

»Und für eine Weile blieb es bei diesem Stand der Dinge.«

»Ja. Mr. Norman erinnerte Stefan ab und zu daran, doch weiterzusuchen. Einmal sagte Stefan zu ihm, die Suche wäre sinnlos, weil ›das verdammte Ding sowieso abgetrieben ist‹. Der alte Mann wurde sehr wütend. Ich glaube fast, Stefan wollte einen neuen Schlaganfall provozieren – einen tödlichen –, und ich redete ein Wörtchen mit ihm.«

»Was für ein Wörtchen?«

»Ein überzeugendes.«

Harold drückte seine Hände vor der Brust zusammen. Es sah aus wie eine lebende Schraubzwinge. Trotz Harolds verbindlicher, freundlicher Art stand immer noch Punjab vor mir, der einäugige, riesige Bär, mit dem ich vor gar nicht so langer Zeit im Busbahnhof aneinandergeraten war.

»Schließlich«, sagte Harold, mehr zu sich selbst als zu mir, »nahm Mrs. Ferris Kontakt zu Mr. Norman auf. Ihre Tochter hatte sie endlich angerufen und ihr von dem lebensgefährlich erkrankten Kind erzählt. Mr. Norman sorgte – über Stefan – dafür, daß Mrs. Ferris Janet nach Port City brachte und hier mit ihr lebte, damit sie in Reichweite wären. Mr. Norman hielt es für das Beste, anonym zu bleiben, denn er fürchtete, die junge Frau würde, wie schon einmal, das Geld der Normans ablehnen.«

»Und der alte Sy Norman änderte sein Testament«, sagte ich. »Und das gefiel Stefan auch nicht besonders.«

Harold sagte nickend: »Zuerst wurde der kleine Junge aufgenommen, aber ein Drittel sollte Stefan bekommen, der außerdem als Treuhänder des Norman Fund und für das Geld des Kindes eingesetzt werden sollte, bis es einundzwanzig Jahre alt würde. Doch dann begann Mr. Norman, von Janet Taber als ›der zweiten Frau‹ seines verstorbenen Sohnes zu sprechen – der Frau, die sein Sohn geliebt hatte. Jedenfalls mehr als das ›elende Miststück‹, das ihn von der Klippe stürzte.«

»Und so wurde auch Janet in das Testament aufgenommen und zur Treuhänderin ihres Sohnes bestimmt.«

»Richtig«, sagte Harold. »Sie war nach dem Enkelkind

die nächste Erbberechtigte, und sie sollte auch den Norman Fund übernehmen.«

Ich dachte darüber nach. »Stefan hatte schon die Spitzenposition im Testament zugunsten des Jungen aufgeben müssen«, sagte ich, während ich etwas atemlos die Teile des Puzzles zusammensetzte. »Nun wurde er vom gleichberechtigten Teilhaber zum Statisten degradiert. Nachdem er jahrelang das Geld der Normans über den Fund kontrolliert hatte und nur einem bettlägerigen, fast senilen alten Mann verantwortlich gewesen war, bekam er es nun mit der jungen, intelligenten Janet Taber zu tun, ganz zu schweigen von ihrer gerissenen Mutter. Und er würde es mit den Anwälten und Buchprüfern zu tun bekommen, die sie bei der Übernahme zweifellos mitbringen würden. Und vielleicht waren Stefans Bücher ebensowenig im Gleichgewicht wie Richard Normans Frau, als sie über die Klippe fuhr.«

Harold schüttelte den Kopf, und es war kein »Nein«. Er sagte: »Sie sind wirklich Krimiautor, was?«

»Irre ich mich denn?«

»Habe ich das gesagt? Ich sagte bereits, daß Stefan eine Schlange war. Ich wußte es von Anfang an. Aber ich wußte nicht, wie weit er es treiben würde. Das sah ich erst, als er versuchte, Beweise dafür zu finden, daß das Kind von Janets rechtmäßigem Mann stammte.«

»Phil Taber«, sagte ich nickend. »Dann gab es also zwischen ihm und Stefan doch eine Verbindung.«

»Und ob. Taber war mit Janet im Drake zusammen, das war im Sommer, bevor sie und der Senator . . . Es lag nahe, daß Taber der Vater des Kindes sein konnte. Stefan sprach zuerst sogar mit mir darüber. Stefan wußte, daß Mr. Norman viel auf meine Meinung gab; er vertraute mir wie keinem anderen. Stefan benutzte mich als Versuchskaninchen, wenn mir das auch zu Beginn noch nicht klar war. Ich sah eine schriftliche Erklärung

Phil Tabers, Motelrechnungen und so weiter, und ich war überzeugt, daß das Kind von Taber war. Ich bat Stefan, Mr. Norman die Beweisstücke nicht zu zeigen. Ich hatte das Gefühl, es würde Mr. Norman sehr treffen und vielleicht sogar einen weiteren Schlaganfall verursachen. Ich schlug Stefan vor, zu warten, bis Mr. Simon gestorben wäre; dann könnte man mit Hilfe der Beweise das Testament anfechten. Das wäre besser, sagte ich, als den alten Mann noch einmal zu verletzen. Und Stefan war einverstanden.«

»Warum?«

Harold stieß ein kurzes, sarkastisches Lachen aus. »Ich dachte – einen Augenblick nur –, er empfände echtes Mitleid für seinen Onkel. Erst vor kurzem wurde klar, daß Stefan nur bereit war zu warten, weil er weitere Beweise *produzieren* wollte; er sammelte sie nicht nur, er schuf sie, und er hatte noch nicht genug, um in einer Gerichtsverhandlung damit durchzukommen. Ich bin jetzt überzeugt, daß das Kind wirklich vom Senator war, sonst hätte Stefan nicht so lange stillgehalten.«

»Wann war das alles?«

»Es ist noch nicht lange her. Ein paar Monate. Und letzte Woche, am Montagnachmittag, kam ein Anruf von der Klinik im Osten: der Junge war tot. Stefan nahm den Anruf entgegen. Janet und ihre Mutter erfuhren nichts davon. Ich sagte es Mr. Norman, und es traf ihn schwer, wie Sie sich denken können. Sie haben ihn gesehen. Er wird nicht mehr lange leben.«

»Wie hat Stefan es aufgenommen?«

Harolds Gesicht verhärtete sich. »Stefan ging zu Mrs. Ferris und bot ihr eine beträchtliche Summe als Abfindung. Sie wurde ja nicht im Testament bedacht, und Stefan glaubte, sie wäre deshalb leicht zu überzeugen. Schlangen wie Stefan begehen immer wieder den Fehler zu glauben, alle anderen Menschen seien genauso gierig und verdorben wie sie selbst.«

Harold wurde wütend; er sagte mir jetzt Dinge, die er nicht aus erster Hand wußte – es waren Dinge, die er nur von Stefan wissen konnte . . .

Harold fuhr fort. Er nahm mich kaum noch wahr. »Stefan hoffte, Mrs. Ferris würde ihm helfen, ihre Tochter zu überreden, eine Erklärung zu unterzeichnen, daß das Kind von Taber und nicht vom Senator stammte. Stefan mußte sich beeilen; er konnte den Tod des Kindes nicht ewig geheimhalten. So bot er Mrs. Ferris einen Haufen Geld an – ich weiß nicht genau, wieviel, das sagte er nicht. ›Eine großzügige Regelung‹, sagte er, aber wer weiß schon, was Stefan sich darunter vorstellte? Aber eine Sondervereinbarung, die er von sich aus anbot – und das zeigt Ihnen, wie Stefan war –, betraf die ›ständige medizinische Betreuung für den Jungen‹.« Harolds Augen wurden feucht. »Ständige medizinische Betreuung. Für einen kleinen Jungen, der schon tot war.« Er ballte die Hände zu Fäusten. Plötzlich fühlte ich mich mit diesem Riesen am Rand der Klippe gar nicht mehr wohl.

»Mrs. Ferris und ihre Tochter«, sagte er, »sollten Port City sofort und für immer verlassen. Es kam aber anders. Mrs. Ferris lehnte Stefans Angebot ab, und Stefan wurde hysterisch oder gewalttätig, denn schließlich verprügelte die kräftige Frau den schmächtigen Stefan. Sein Freund Davis, der draußen wartete, hörte den Streit, drang in die Wohnung ein und schlug sie tot. Dann legten die beiden Männer mit Lumpen und alten Farbkanistern auf der hinteren Veranda das Feuer.«

»Und dann mußten sie sich nur noch um Janet kümmern«, sagte ich.

Harold legte einen Augenblick eine große Hand vor sein Gesicht, dann sah er mich an; es ist seltsam, wie eine Augenbinde zu starren scheint wie ein richtiges Auge.

»Ich . . . mir wird ganz schlecht, wenn ich an meine eigene Rolle dabei denke. Ich war Stefan so sehr auf den Leim gegangen, ich hatte seine Geschichte von dem ›erpresserischen Miststück‹ geglaubt, ich hatte geglaubt, daß das Kind von Taber und nicht vom Senator war. Deshalb suchte ich sie am Dienstagmorgen nach dem Brand. Ich wußte, daß es ein Feuer gegeben hatte und ihre Mutter im Krankenhaus war, aber ich wußte nicht, daß ihre Mutter *geschlagen* worden war. Ich wußte nur, daß es einen Brand gegeben hatte, und, dumm wie ich war, hielt ich es für einen Zufall. Eine gefährliche Annahme, wenn Stefan im Spiel ist. Und ich muß mir vorwerfen, daß ich glaubte, ich könnte Janets verzweifelte Lage ausnutzen und sie beeindrucken und einschüchtern. Und so zog ich diese lächerliche Show im Busbahnhof ab. Ich wollte sie einschüchtern, ein für allemal fortjagen.«

»Das war also nicht Stefans Idee.«

»Nein, es war meine; er wußte nichts davon. Wir arbeiteten ja sogar gegeneinander, aber ich ahnte es nicht. Stefan hatte mir gesagt, Janet Tabers einzige Reaktion auf den Tod ihres Kindes sei es gewesen, zu drohen. Falls sie nicht bekäme, was ihr ihrer Meinung nach zustünde, würde sie den verstorbenen Senator nachträglich in Verruf bringen und die Normans öffentlich durch den Schmutz ziehen. Ich fand, Mr. Norman hatte schon genug durchgemacht und hoffte, ich könnte sie so einschüchtern, daß sie Port City verlassen und ihre Forderungen an Mr. Norman vergessen würde.«

»Aber es funktionierte nicht.«

»Dank Ihnen, Mallory. Aber ist Ihnen klar, daß sie noch leben könnte, wenn es mir gelungen wäre, sie zu verjagen? Wenn sie Angst bekommen hätte und mit dem

Bus irgendwohin verschwunden wäre, statt zu bleiben? Ist Ihnen klar, daß sie noch leben könnte, wenn Sie sich nicht eingemischt hätten?«

Er hatte recht. Ich hatte helfen wollen und das Gegenteil erreicht. Auf eine verrückte, verkehrte Weise war ich ebenso am Tod Janet Tabers schuld wie alle anderen.

Dann sagte Harold, fast automatisch und anscheinend ohne die Worte zu hören, die aus seinem Mund kamen: »Janet Tabers ›Unfall‹ wurde sehr hastig geplant, aber es ging relativ glatt. Davis fing die junge Frau ab, als sie in Iowa City in den Bus steigen wollte. Er stellte sich als Zivilbeamter vor, der sie zum Krankenhaus, wo ihre Mutter lag, begleiten wollte. Als er sie im Wagen hatte, betäubte er sie, brach ihr das Genick und . . . vielleicht hat sie ihre Mutter gesehen, aber nicht in dieser Welt.«

Seine Stimme war so leise, daß ich ihn kaum noch verstehen konnte.

»Der . . . Unfall . . . am Colorado Hill wurde geplant, um Mr. Norman annehmen zu lassen, die ›zweite Frau‹ seines Sohnes hätte sich an der Stelle das Leben genommen, an der auch ihr ›Mann‹ starb – ihr ›Selbstmord‹ an dieser Stelle sollte wirken wie die Verzweiflungstat einer Mutter, die den Sohn verloren hat, den sie ihrem toten Geliebten gebar.«

Mir war schlecht, schwindlig, doch irgendwie funktionierte mein Gehirn noch, und ich fragte: »Das ist also die Verbindung zwischen den Unfällen. Aber mir kommt die Logik ziemlich schwach vor. Und es war riskant. Warum Janets Tod mit dem des Senators in Verbindung bringen? Nur, um dem alten Mann einen Gefallen zu tun? Das ist doch verrückt.«

Harold zuckte die Achseln. »Stefan wußte, wie sein Onkel dachte. Mr. Norman deckte Stefan und sorgte dafür, daß die Morde unter den Teppich gekehrt wurden. Mr. Norman wußte ja genau, welche unerfreulichen Geheimnisse bei einer gründlichen Untersuchung von Janet Tabers Tod ausgegraben werden würden. Die Untersuchung mußte also vermieden werden. Stefan wußte genau, was er tat.«

»Dieses Miststück.«

»Ich hab Ihnen ja gesagt, wie er war. Eine Schlange.«

Harold starrte zum Fluß hinunter; ich starrte ihn an.

»Wann hat er Ihnen das alles erzählt, Harold?«

Er antwortete nicht.

Ich fuhr fort: »Oh, aber das ist doch klar – kurz bevor Sie ihn töteten.«

Ohne sich umzudrehen sagte er tonlos: »Ich habe nicht gesagt, daß ich ihn umgebracht habe, Mallory.«

»Das brauchen Sie auch nicht.«

Er drehte langsam den Kopf zu mir herum und lächelte mich an; es war ein völlig humorloses, rätselhaftes Lächeln. Harold hatte immer noch einige Geheimnisse.

»Vielleicht habe ich ihn wirklich nicht getötet, Mallory«, sagte er.

Ritas Stimme, die sehr weit entfernt klang, rief uns zum Frühstück.

27

»He!« rief sie.

Sie kam über das braune Gras zu uns herüber, und sie lächelte und sah sehr hübsch, sehr frisch aus, völlig unpassend vor dem kahlen, grauen Haus, das hinter ihr aufragte.

Harold und ich standen unsicher beieinander wie

Schauspieler, die ihren Text vergessen hatten, und warteten auf sie. Sie nahm uns bei den Händen und sagte: »Ihr kommt jetzt rein und eßt das Frühstück, das ich uns gemacht habe, sonst werden eure Eier kalt.«

Wir gingen mit ihr über die Wiese zum Haus zurück, wandten uns im Wohnzimmer nach links und betraten durch einen türlosen Durchgang den Gebäudeflügel, der hinter Harolds Zimmer lag. Sie führte uns ins Frühstückszimmer – es war ein kleiner Raum, der zwischen das Eßzimmer und die Küche gequetscht war. Die Einrichtung bestand aus einer skandinavischen Sitzecke aus hellem, lackiertem Holz. Die Farben hier in der Küche waren zwar verblaßt, doch immer noch die lebendigsten im ganzen Haus – die Wände hellblau statt beige, gedämpftes Rot und Blau und Gelb in der Nische, in der wir saßen.

Ich starrte Harold an, der mir gegenüber saß. Die Atmosphäre war sehr gespannt; es gab noch viel, das wir hätten sagen können. Aber es war sinnlos, das Schweigen zu brechen. Ich betrachtete Harold, und sein einziges Auge und die schwarze Augenklappe erwiderten meinen Blick. Wir wußten beide, daß es sinnlos war, weiterzusprechen.

Ich wußte es, Harold wußte es – Stefan Norman hatte das Problem Mallory auf dieselbe Weise lösen wollen, wie er das Problem Renata Ferris gelöst hatte: Er hatte seinen Gorilla Davis von der Kette gelassen. Stefan hatte keine Hemmungen gehabt, Menschen wie Schachfiguren zu behandeln. Er war der Meister, und ich war nichts als ein Bauer, den er mit der Dame schlagen wollte. Und auch wenn die Dame geopfert wurde – Selbstmord war nicht Stefans Stil.

Harold wußte das alles. Ich brauchte es nicht auszusprechen.

Rita brachte unsere Teller und setzte sich neben mich.

Ich betrachtete das Omelette und den hellbraunen Toast und wußte, daß ich Mühe haben würde, das Zeug herunterzubekommen, und ich wußte, daß mir nichts anderes übrigblieb. »Oh, verdammt«, sagte Rita. Sie stand auf, ging noch einmal in die Küche und kehrte mit dem Kaffee zurück. Wir füllten unsere Tassen.

Ich stocherte auf meinem Teller herum. Auch Harold schien keinen Appetit zu haben; während des Essens wechselten wir Blicke und setzten unsere stumme Unterhaltung fort.

Harold wußte wie ich, wie Sie es wissen, daß Selbstmord etwas für Verzweifelte ist. Selbstmord ist etwas Endgültiges, und ein verzweifelter Mann verdreht die Tatsachen nicht; er hat es nicht nötig, das Geständnis eines Mordes in seinem Abschiedsbrief so abzufassen, daß es ein bißchen weniger gemein wirkt. Ein Mann in einer solchen Lage könnte Entschuldigungen anführen, er könnte sich etwas vormachen oder vermeintlich vernünftige Erklärungen abgeben – aber würde er eine nur leicht veränderte, leicht verfälschte und besser verständliche Version seiner Handlungsweise niederschreiben, bevor er sich die Waffe an die Schläfe setzt? Kaum.

Außerdem hätte es Stefan gar nicht ähnlich gesehen, die Gefühle des alten Norman zu schonen.

Aber Harold sah es ähnlich.

Harold hatte kein Geheimnis aus seiner Loyalität zu Mr. Norman gemacht, und er hatte mir dies auf handgreifliche, wenn auch etwas ungewöhnliche Art zu verstehen gegeben, als er versuchte, zum Wohl seines alten Arbeitgebers Janet Taber aus der Stadt zu jagen.

Aber da hatte er in dem Irrglauben gehandelt, Janet sei das »erpresserische Miststück« gewesen; damals hatte er Stefans Intrigen noch nicht durchschaut. Erst vor kurzem hatte Harold verstanden, was Stefan vorhatte. Von diesem Augenblick an ließ Harold sich nicht mehr von Stefan hinters Licht führen, sondern stellte sich entschlossen vor den alten Mann, der so viel für ihn getan hatte, um ihn zu schützen. Sein Beschützerinstinkt kam darin zum Ausdruck, daß er mit allen Mitteln versuchte, Stefan Normans Plan zu vereiteln.

Vor meinem geistigen Auge konnte ich es deutlich sehen: Harold steht neben Stefan, hält ihn mit der Pistole in Schach und diktiert ihm den »Abschiedsbrief«; Stefan sitzt am Schreibtisch, schreibt schwitzend nieder, was ihm gesagt wird, während der riesige, einäugige Schwarze ihn bewacht. Als der Brief unterschrieben ist, schießt Harold Stefan nieder, und Stefan bricht über dem Schreibtisch zusammen.

Rita unterbrach meine Gedanken. »Will noch jemand Kaffee?«

»Ja, bitte«, sagte ich.

»Harold?«

Harold nickte.

Ich bekam schließlich doch die Eier und die Kartoffeln und den Toast herunter. Als ich zu Harold blickte, sah ich, daß er es auch geschafft hatte. Rita kam mit frischem Kaffee, schenkte uns nach und setzte sich wieder. Harold und ich tranken schweigend, wichen gegenseitig unseren Blicken aus.

Rita ahnte, was zwischen uns im Gange war, denn als das Schweigen zu drückend wurde, als die Luft zum Schneiden dick war, nahm ihr Gesicht einen besorgten Ausdruck an. Ich versuchte, die Atmosphäre zu entspannen. »Danke für das schöne Frühstück, Rita.« Harold reagierte sofort auf das Stichwort. »Ja, es war wirklich gut.«

Sie lächelte. »Ich glaube, ich verstehe, warum ihr zwei so still seid. Die ganze Sache hat uns ziemlich belastet –

körperlich und seelisch. Ihr glaubt gar nicht, wie erleichtert ich bin, daß nun alles vorbei ist.«

»Ich bin ziemlich müde«, sagte ich.

»Kein Wunder. Du warst ja fast die ganze Nacht auf den Beinen.« Sie legte eine Hand auf die Bärentatze ihres Bruders und sagte: »Und du, Bruderherz? Wie fühlst du dich?«

»Ich könnte auch etwas Schlaf gebrauchen«, sagte er.

»Bist du heute morgen nach meinem Anruf noch einmal zum Schlafen gekommen?« fragte sie. »Du warst doch nicht die ganze Zeit auf, oder?«

»Ich bin wieder ins Bett gegangen«, sagte er.

Ich sagte: »Rita, hast du Harold angerufen? Wann war das?«

»Kurz nach deinem Anruf, als dieser . . . wie hieß er noch? Der Einbrecher?«

»Davis.«

»Ja, richtig. Nachdem du mich angerufen und gesagt hast, daß Davis tot ist. Ich wollte dem alten Dickschädel Harold beweisen, daß wir nicht verrückt wären, daß wirklich jemand herumrannte und die Dinge tat, von denen wir ihm erzählt hatten.« Sie lächelte ihren Bruder verlegen an. »Und offengestanden, Harold, ich war erleichtert, als ich hörte, daß du nichts damit zu tun hattest, denn Mal dachte eine Weile, du wärest einer der Schurken. Und du warst ja auch auf mich böse, weil ich ihn gestern abend mitgebracht habe.«

Ich sagte: »Rita, ich hab noch Hunger. Ist noch ein Omelette da?«

»Hunger? Ist das dein Ernst, Mal? Du hast vorhin nur auf deinem Teller herumgestochert.«

»Wirklich, ich glaube, ich werde gerade wach. Ich hab immer Hunger, wenn ich wach werde. Und dieses Omelette war wirklich Spitze.«

»Tja, dann mach ich noch eins.«

»Das wäre schön.«

Sie zuckte die Achseln. »Für dich auch, Harold?«

Harold sagte: »Ja, gern.«

Sie verschwand in der Küche.

Ich sagte leise, fast flüsternd: »Wollen Sie es mir sagen? Ich glaube, ich weiß es schon, aber wollen Sie es mir sagen?«

Harold antwortete genauso leise: »Wenn Sie's wissen, dann erzählen Sie, Meisterdetektiv.«

»Na gut. Beginnen wir mit Ritas Anruf. Sie erfuhren, daß ein gewisser Davis bei mir eingebrochen und im Krankenhaus gestorben war. Das war der entscheidende Punkt, oder? Als Stefan sogar Ihre eigene Schwester in Gefahr brachte.«

Harold sagte nichts. Er wollte es ganz mir überlassen.

Ich fuhr fort: »Wahrscheinlich hatten Sie sich ohnehin schon entschlossen, es Stefan heimzuzahlen – ich hatte Ihnen ja einiges über ihn erzählt. Zum Beispiel, daß er geleugnet hatte, Janet Taber zu kennen. Zum Beispiel, daß er sogar leugnete, *Sie* zu kennen. Und dann die Tatsache, daß Phil Taber in der Stadt war und offenbar fünftausend Dollar für Dienste bekommen hatte, die einen gewissen Stefan Norman dankbar stimmten. Phil Taber hatte das Geld bekommen, damit Janet und ihre Mutter so schnell wie möglich unter die Erde kommen konnten. Aber er hatte auch früher schon Geld von Stefan Norman bekommen.«

Harold schwieg immer noch. Er war anscheinend nicht bereit, mir irgendwie zu helfen.

Ich sagte: »Was ist also nach Ritas Anruf geschehen? Haben Sie vergeblich versucht, Stefan in Davenport zu erreichen? Haben Sie danach seine Nummer im Büro hier in der Stadt probiert und ihn erreicht, während er auf einen ganz anderen Anruf wartete? Sagte er etwas wie: ›Davis, wie ist es gelaufen?‹«

Harold regte sich.

»Und dann? Aber warum soll ich weiterreden? Wir wissen ja beide, was dann passiert ist.«

»Es war nicht, wie Sie es sich vorstellen. So war es nicht.«

»Natürlich war es so. Sie nahmen Stefans Waffe an sich, die er hier im Haus in seinem Zimmer aufbewahrte. Sie fuhren zum Maxwell Building, drangen in das Büro des Norman Fund ein, hielten Stefan die Kanone an den Kopf und diktierten ihm, was er schreiben sollte. Irgend jemand muß Stefan von Davis' Tod erzählt haben – ich dachte zuerst, es sei Brennan oder jemand von der Ortspolizei gewesen. Aber nein, *Sie* haben es ihm gesagt, Harold. Sie. Sie haben ihn erschossen.«

»Wissen Sie, was das Problem bei Ihnen ist, Mallory?«

»Nein. Sagen Sie's mir.«

»Sie denken nicht. Sie setzen die Dinge zusammen, aber Sie denken nicht. Haben Sie den Brief gelesen?«

»Das wissen Sie doch.«

»Klang es wie der Abschiedsbrief eines Selbstmörders?«

»Es klang wie ein gefälschter Abschiedsbrief.«

»Klang es wirklich so? Klang es wirklich wie eine echte Fälschung?«

Ich sagte, ich wüßte nicht, worauf er hinauswollte.

Er sagte: »Es war ein Geständnis. Ich ließ ihn ein Geständnis schreiben, verstehen Sie? Wenn Sie alles andere sehen, warum sehen Sie dann nicht, daß es kein Abschiedsbrief sein sollte?«

»Ein Geständnis.«

»Ein Geständnis. Ich wollte von Stefan ein schriftliches Schuldgeständnis haben, etwas, mit dem ich ihn in der Hand hatte. Das Damoklesschwert – haben Sie schon mal was davon gehört? Ich mußte ihn in den Griff bekommen. Ich mußte dafür sorgen, daß er keine faulen Tricks mehr versuchen konnte. Ich mußte dafür sorgen, daß er das elende bißchen Leben, das Mr. Norman noch vor sich hatte, nicht noch elender machte.«

»Aber es war kein exaktes Geständnis . . .«

»Natürlich nicht. Ich wollte ein Geständnis, das Mr. Norman so wenig Schmerzen wie möglich machte, das aber trotzdem ausreichte, um Stefan in der Hand zu haben. Glauben Sie wirklich, ich wollte, daß Stefan sich umbrachte? Glauben Sie, ich war scharf darauf, Mr. Norman mit Stefans Selbstmord zu konfrontieren?«

»Aber Stefan *ist* tot, Harold.«

»Ja, das ist er.«

»Also ist etwas schiefgegangen.«

»Das könnte man sagen.«

»Was? Und wie?«

»Nachdem er alles aufgeschrieben hatte, sagte ich Stefan, was ich mit dem Blatt vorhatte. Ich sagte, ich wollte es in einem versiegelten Umschlag bei einem Notar hinterlegen, mit der Anweisung, ihn entweder auf meine Veranlassung oder bei meinem Tod zu öffnen, je nachdem, was zuerst eingetreten wäre. Danach, als Stefan wußte, was auf ihn zukam, drehte er durch.«

»Er wollte Ihnen die Waffe entreißen.«

»Er wollte mir die Waffe entreißen.«

»Und beim Kampf . . .«

»Beim Kampf.«

Wir starrten uns schweigend an.

»Und dann ließen Sie das Blatt liegen, damit es wie ein Abschiedsbrief wirkte?«

»Ja.«

»Tja«, sagte ich. »Dann weiß ich alles.«

Harold lächelte schief. »Dann wissen Sie alles. Wie fühlen Sie sich dabei, Sie Krimiautor? Rundherum zufrieden?«

Rita kam mit den frischen Omelettes. »Hier ist euer Nachschub.«

Bevor wir mit Essen fertig waren, ging Rita noch einmal in die Küche, um Kaffee zu holen. Harold sagte: »Mallory?«

»Ja?«

»Was ich Ihnen erzählt habe . . . glauben Sie mir?«

»Ja.«

»Brennan wird es nicht herausfinden, und selbst wenn er darauf kommt, wird er nichts beweisen können. Oder wollen. Davis ist tot. Komisch.«

»Was denn?«

»Stefan weinte, als ich ihm sagte, daß Davis tot ist. Ich wußte gar nicht, daß Stefan zu Tränen fähig war. Aber er wurde sehr depressiv.«

Ich trank einen Schluck Kaffee.

»Mallory?«

»Ja?«

»Was werden Sie jetzt tun?«

»Mein Omelette essen.«

»Und dann?«

»Dann bringe ich Ihre Schwester nach Hause.«

»Ist das alles?«

»Nein. Wahrscheinlich versuche ich dann, etwas zu schlafen. Ich bin hundemüde.«

Harold nickte. »Das kann ich verstehen.«

Rita kam und füllte unsere Tassen nach, und wir beendeten schweigend unser Frühstück. Kurz danach stiegen wir in den Rambler. Harold stand in der Tür, groß und kantig, wie ein fester Bestandteil des Hauses, und sah uns nach.

TEIL 5

24. Dezember 1974, Heiligabend

28

Ich betrachtete die Abbildung auf der Pappschachtel. Puter mit Sauce, Kartoffeln und Buttererbsen, garniert mit Petersilie und Preiselbeercreme, angerichtet auf einem Porzellanteller. Ich zog die kalte Aluminiumschachtel heraus und schob sie in den Backofen. Ich stellte die Hitze auf Vierhundert, den Zeitschalter auf dreißig Minuten. Auf dem Weg zur Couch nahm ich einen Pabst aus dem Kühlschrank.

Wenn Sie jemals einen Heiligabend allein verbracht haben, können Sie sich vielleicht vorstellen, wie deprimiert ich war. Meine Stimmung war natürlich nicht besser geworden, als ich John am Nachmittag zum Flughafen gebracht hatte.

Kurz vor seinem Abflug hatte ich noch einmal versucht, John zu überreden, nicht nach Indochina zu stürzen wie eine Fliege in die Suppe. Aber er sagte, es wäre zu spät, um noch auszusteigen, und ich sollte ihn doch in Ruhe lassen. Die Papiere wären unterschrieben, aus und vorbei. Aber ich hatte das Gefühl, er war nicht begeistert; hätte er das Gefühl gehabt, nach Hause zu kommen – in ein wirkliches Heim –, dann wäre er vielleicht geblieben. Aber Suzie Blanchard war wieder mit ihrem Exmann zusammen, und sein Stiefvater war eine große Enttäuschung gewesen. Und er hatte einen Menschen getötet.

So hatten wir uns am vergangenen Abend mit Rotwein

betrunken, und ich sprach nicht mehr darüber, und er zeigte sich entgegenkommend und sprach nicht über Janet Taber oder Sy Norman. Die Sache lag mir immer noch schwer im Magen.

Denn John hatte von Anfang an recht gehabt: Nachdem ich Janet Tabers Geheimnis gelöst hatte, konnten weder sie noch ich in Frieden ruhen. Ich hatte gedacht, die Wahrheit herauszufinden, könnte ihr auf einer metaphysischen Ebene helfen, doch es nützte nichts – die Wahrheit, die ich gefunden hatte, war eindimensional. Es gab andere Arten von Wahrheit, die mir nicht zugänglich waren, weil sie nur über Erinnerungen aus vergangenen Menschenleben erreichbar waren. Es war eine Wahrheit, die in Köpfen verschlossen blieb, in den Geistern toter Menschen.

Die Puzzleteile hatten schließlich zusammengepaßt, und die Oberfläche hatte ein stimmiges Bild ergeben, doch was darunter lag, würde weder ich noch sonst jemand erfahren. Ich hatte die beteiligten Menschen nie kennengelernt – Menschen, die gestorben waren, bevor ich auf der Bildfläche erschien. Ich wußte zum Beispiel nicht einmal den Vornamen von Richard Normans Frau. Ich kannte den Namen seiner Tochter nicht. Ich hatte ihre Nachrufe gelesen, doch die Namen schienen zu unwichtig, um sie im Gedächtnis zu behalten.

Auch von Richard Norman selbst wußte ich kaum mehr als den Namen. Dasselbe galt für Janet Tabers Mutter. Auch für Janet Taber, wenn ich ehrlich war.

Ich war ihr begegnet, aber ich kannte sie nicht.

Ich war Stefan begegnet, aber ich kannte ihn nicht. Oh, er war ein Schurke, er war der Mörder, und seine Mordwaffe hieß Davis. Aber ich wußte nicht, was in Stefan Norman vorgegangen war, warum er Menschen tötete – und ich wußte nicht, was in ihm vorgegangen war, als er um Davis weinte. Oder was Davis an sich hatte, das einen anderen Menschen um ihn weinen ließ.

Aber das waren meine Gedanken. Ich sprach sie nicht aus. Ich war zu betrunken, um sie zu artikulieren, und John war zu betrunken, um sie zu verstehen.

Später, noch stärker betrunken, sagte er: »Du solltest Rita anrufen.«

Und ich sagte, daß ich das auch tun wollte.

Ich hatte beschlossen, mich eine Zeitlang nicht mit Rita zu treffen – wenigstens, bis die Begleitumstände, unter denen wir uns kennengelernt hatten, etwas verblaßt waren. Als John das erste Mal nach ihr gefragt hatte, hatte ich gesagt, ich wollte mich nicht darauf einlassen, weil ich die Probleme fürchtete, die gemischtrassige Paare in diesem Teil des Landes hatten. Aber das war nicht der Grund. Vielleicht war es wegen ihres Bruders – wegen der Dinge, die ich über ihn wußte, und die sie nicht wußte. Ich wollte diesen Abschnitt meines Lebens einfach vergessen, auch wenn Rita ein sehr schöner Teil dieser Zeit war. Ich würde sie später wiedersehen. Ich würde sie irgendwann anrufen.

Ich fragte John, warum er seinen letzten Abend nicht mit Suzie Blanchard verbrachte, und er verzog das Gesicht und sagte, sie hätte sich mit ihrem Exmann verabredet.

Dann machten wir die zweite Flasche auf und das große Vergessen kam.

Als ich ihn am folgenden Nachmittag zum Flughafen brachte, war er völlig verwandelt. Er trug seine Uniform, die Haare waren frisch geschnitten, und er saß steif wie ein Zinnsoldat neben mir. Die andere Persönlichkeit, die er in jener anderen Welt war, gewann langsam wieder die Oberhand.

Brennan hatte sich erboten, John zum Flughafen zu fahren, doch John hatte abgelehnt. Brennan war verletzt, und ich wünschte, zwischen den beiden wäre endlich Frieden, doch es war nicht der richtige Augenblick. John hatte seinen Stiefvater lange verehrt, hatte zu dem »echten Mann« aufgeblickt; als er sich direkt nach der Schule bei der Army bewarb, hatte er es teilweise auch getan, um die Achtung seines Stiefvaters zu gewinnen. Und jetzt hatte John Brennans in Politik und Bestechung und Unzulänglichkeiten gefangenes Leben gesehen und war enttäuscht. Er würde Brennan nicht mehr »Sir« nennen. Sehr lange nicht mehr.

So hatte ich ihn zum Flughafen gebracht. Wir saßen im Warteraum. Überall waren Menschen unterwegs, die Weihnachten an einem anderen Ort verbringen wollten, und wir wurden immer wieder gestört. Eine junge Frau quetschte sich mit ihrem Baby auf den Sitz neben mir, neben John drehte ein Marinesoldat unruhig seine Mütze in den Händen. Es war früh dunkel geworden; obwohl es erst vier Uhr war, zogen dichte Wolken über den Himmel. John deutete hinaus und sagte: »Hoffentlich hat mein Flug nicht Verspätung.«

»Vielleicht doch«, sagte ich. »Vielleicht schneit es. Ich hoffe fast, daß es schneit. Weihnachten ohne Schnee sind keine richtigen Weihnachten.«

Etwa in dieser Art verlief auch der Rest unserer Unterhaltung. Unpersönliches Gewäsch. Als ich John fragte, wo er Urlaub machen würde, begann er zu strahlen und sagte, er wollte in Bangkok ein Mädchen besuchen, das er im letzten Jahr kennengelernt hatte.

Aber dann saß er wieder stocksteif neben mir, und bald wurde sein Flug ausgerufen, und ich sah ihm nach, wie er sein Ticket kontrollieren ließ und im Gedränge hinter der Absperrung verschwand. Ich ging rasch durch eine zweite Tür zur anderen Seite der Absperrung. John schlenderte gerade zu dem großen Silbervogel hinüber. Seine Haare wurden vom Wirbel der Turbinen zerzaust.

Ich dachte schon, er würde sich nicht mehr umsehen, doch auf halbem Weg zum Flugzeug drehte er sich um. Er winkte nicht – er ließ einfach den John, den ich kannte, noch einmal für einen kurzen Augenblick die Kontrolle über sein Gesicht übernehmen. Es war ein Ausdruck wie beim Abschied zwischen Freunden, die damit rechnen, daß sie sich vielleicht nie wiedersehen.

Ich blieb noch lange stehen, sah die Maschine zur Startbahn rollen, dann den Start mit schrill aufkreischenden Triebwerken. Ich blieb stehen, bis einige andere Flugzeuge dieselben Manöver vollzogen hatten. Irgendwann begann es zu schneien.

Die Schaltuhr meldete sich klingelnd. Ich ging zum Backofen und nahm das Fertiggericht heraus. Ich zog den Aluminiumdeckel ab. Der heiße Dampf schlug mir ins Gesicht. Ich warf das Zeug in den Abfalleimer neben der Spüle.

Dann trat ich ans Fenster und blickte hinaus, fragte mich, ob am Heiligabend ein paar Restaurants geöffnet hätten.

Ich holte mir ein neues Pabst und warf mich auf die Couch.

Das Telefon klingelte.

Ich nahm ab, grimmig, weil jemand es wagte, meine Depression zu stören. Dann schalt ich mich – immerhin war Weihnachten. »Hallo?«

»Hi, Fremder.«

»Rita.«

»Hast du zufällig eine Idee, wie eine Dame die Feiertage verbringen kann? Ich kann diese einsamen Fertiggerichte nicht mehr sehen.«

Ich lächelte.

»Mal?«

»Ich lächle«, sagte ich.

»Hast du Besuch? Störe ich?«

»Überhaupt nicht.«

»Ich hatte gehofft, daß du nichts vorhast, weil ich . . . ich hab von weißen Weihnachten geträumt, wenn du weißt, was ich meine.«

Ich lachte. »Wo bist du?«

»Ich geb dir einen Tip: Die Wände sind purpurn.«

»Ich bin schon unterwegs.«

Ich legte auf, schnappte meinen Mantel und die Autoschlüssel.

Ich fuhr in die Richtung weiter, in die der Kühler des Rambler gewandt war, und dreißig Sekunden später stand ich vor dem Stoppschild an der Grand Street und wartete auf eine Lücke im Verkehr.

Es gab zwei Verbindungen zu den Quad Cities. Die linke Spur war frei, und ich hätte Zeit gehabt, mich dort einzuordnen. Es war die Strecke über die River Road, die am Mississippi entlang und über den Colorado Hill führte.

Ich wartete, bis ich mich in die andere Richtung einfädeln konnte.

Epilog

1983

29

John starb 1975 bei einem Einsatz für die Air America während der Evakuierung Vietnams.

Sy Norman starb im gleichen Jahr; er vermachte sein Haus der Stadt, in der Annahme, man würde darin ein Museum einrichten. Er hätte es ausdrücklich in seinem Testament bestimmen sollen, denn als 1979 die neue, hohe Brücke eingeweiht wurde, ließ die Stadt das Haus abreißen und einen kleinen Park anlegen. Eine kleine Tafel erinnert an Doc Norman und seine Krebsklinik und den Rundfunksender; eine größere Tafel erinnert an Mark Twain und seine Begeisterung für die Sonnenuntergänge in Port City. Der Park wurde Mark Twain Overlook genannt.

Harold wurde in Normans Testament großzügig bedacht, und Rita – die jetzt eine Vollzeitstelle im städtischen College von Elgin, Illinois, hat – sagt, sie will am Rand Chicagos eine Boutique für Männer mit Übergrößen aufmachen.

Brennan ist immer noch Sheriff; Jack Masters, Lori und die anderen sind, wie ich, in der näheren Umgebung geblieben.

Und ich – ich habe es, wie Sie sehen, schließlich doch noch geschafft, meinen Krimi zu schreiben.

ENDE

Der Autor

Max Allan Collins wurde 1948 in Muscatine, Iowa, geboren – wo er auch heute noch lebt. Zu schreiben begann er auf der High-School. Er schrieb vier oder fünf veröffentlichte Romane, bevor er 1973 BAIT MONEY, den ersten Band der Serie um den Dieb Nolan, als Taschenbuchoriginalausgabe verkaufte. In dieser Zeit arbeitete er als Journalist für die Lokalzeitung und als Musiker. 1970 machte er seinen ›Bachelor of Arts‹ in Englisch an der Universität von Iowa und 1972 einen ›Master of Fine Arts‹ am Iowa Schriftsteller Workshop. 1977 übernahm er als Texter von Chester Gould den berühmtesten amerikanischen Comic-Strip-Detektiv: DICK TRACY (die Serie erscheint täglich in über 500 Zeitungen).

1983 war das Jahr seines großen Durchbruchs: Collins startete seine beiden besten und erfolgreichsten Serien: Mit EIN VETERAN KEHRT HEIM (Bastei-Lübbe 19103) die Mallory-Serie und mit CHICAGO 1933 (Bastei-Lübbe 13015) die Nate-Heller-Serie. CHICAGO 1933 wurde mit dem SHAMUS-Award der Privatdetektiv-Romanschriftsteller als bester Privatdetektiv-Roman des Jahres ausgezeichnet.

Collins lebt mit seiner Frau Barbara und seinem Sohn Nathan. Sein Hobby ist das Sammeln von Comic-Originalen, er besitzt eine der größten Privatsammlungen.

Die Schriftsteller, die ihn nach eigener Aussage stark beeinflußt haben, sind: Dashiell Hammett, James Malahan Cain, Jonathan Latimer, Jim Thompson, Raymond Chandler, Horace McCoy und Mike Roscoe. Als größte Einflüsse nennt er Donald Westlake und Mickey Spillane, über den er zusammen mit James Taylor ein Buch geschrieben hat.

Schwarze SERIE

In dieser Reihe erscheinen die Klassiker und besten jungen Autoren des modernen harten Kriminalromans. Die Reihe bietet einen Querschnitt durch die Spitzenleistungen des Krimis.

Band 19 104

Fredric Brown

In den Straßen von Chicago

Deutsche Erstveröffentlichung

Diesmal haben Ed und Ambrose Hunter eine besonders harte Nuß zu knacken: Mord auf dem Rummelplatz. Die unterschiedlichsten Schicksale, Menschen am Rande der bürgerlichen Existenz und tragische Lebensumstände kommen ans Licht, als die Hunters in ein Wespennest stechen.

BASTEI LÜBBE

Sie erhalten diesen Band im Buchhandel, bei Ihrem Zeitschriftenhändler sowie im Bahnhofsbuchhandel.

Schwarze SERIE

In dieser Reihe erscheinen die Klassiker und besten jungen Autoren des modernen harten Kriminalromans. Die Reihe bietet einen Querschnitt durch die Spitzenleistungen des Krimis.

Band 19 102

Loren D. Estleman

Das Sterben in Detroit

Deutsche Erstveröffentlichung

Amos Walkers Freund Barry Stackpole ist verschwunden. Stackpole, Detroits scharfsinnigster Kriminalreporter, war scheinbar einer großen Sache auf der Spur. Und seine Kolumnen beunruhigten besonders die korrupte Stadtverwaltung der Autostadt. Walker nimmt die Spur auf und gerät in einen Sumpf aus Gewalt, Korruption – und Mord!

Loren D. Estlemans neuester Roman der Amos-Walker-Serie, die in den USA als eine der drei besten Privatdetektiv-Serien der 80er Jahrer gilt.

BASTEI LÜBBE

Sie erhalten diesen Band im Buchhandel, bei Ihrem Zeitschriftenhändler sowie im Bahnhofsbuchhandel.